悪魔伯爵の花嫁

白き乙女と赤い果実

JN287266

乙蜜ミルキィ文庫

悪魔伯爵の花嫁
白き乙女と赤い果実

目次

プロローグ　白き乙女《おとめ》の運命

　どく、どく、と痛いほどに心臓が脈打つ。

　エイレーネは、左胸の上に手を置いた。激しく響く鼓動《こどう》が、手のひらを伝わってくる。

「誰も、帰ってこねぇ」

　男の、低い声がする。これだけたくさんの者たちが集まっているというのに、薄暗い酒場の中はとても静かだ。針が落ちる音さえもはっきりと聞こえてきそう。

「みんな、悪魔に食われてしまったのか？」

「そうかもしれん。しかし……それを、どうやって確かめるんだ？」

「誰も、帰ってこねぇんだ。食われたのか、殺されたのか……」

　耳に入ったその言葉に、エイレーネは大きく震えた。拍子《ひょうし》に後ろで束《たば》ねただけの長い銀色の髪が手の上をすべって、その感覚にもびくりとした。

　ひそひそと、話し声が床を這《は》う。それは、少し扉《とびら》を開けた外の廊下《ろうか》に立っているエイレーネの耳にも、聞き違えることなく伝わってくる。

「悪魔伯爵《はくしゃく》は、新たな花嫁《はなよめ》を求めてやがる」

「言うことを聞かなければ……この村に、なにをするか……なにを、されるか」

「凶眼《きょうがん》、だ」

誰かがそう言い、皆が弾《はじ》かれたように身を震わせた。

「見つめられるだけで、焼《や》け焦《こ》げて死んでしまうっていう……皆、殺されてしまう！」

「凶眼ばっかりが、恐ろしいんじゃない」

低い声で、誰かがつぶやいた。

「相手は、悪魔だ。凶眼以上に……俺たちの想像もつかんような、恐ろしい……ひどい目に遭《あ》わされるに違いねぇんだ」

しん、と酒場が静まり返った。エイレーネは胸を押さえていて、薄汚れたエプロンの胸当て部分にはくっきりと大きな皺《しわ》がついた。

「花嫁を、送り込まなきゃならねぇ」

「しかし……誰を？」

また、沈黙があたりを包む。こっそりと盗み聞きするエイレーネは、耳の奥までどきどきと跳ねる鼓動を抑えられずにいた。

「教会の孤児《こじ》は、年ごろの者はすべて送った」

「双親《ふたおや》の揃《そろ》っている者は、だめだ」

「親が許さない。娘を悪魔のもとにやろうなんて者が、いるわけがねぇ」

「やはり、親のない娘を……」

「しかし、もう……そんな娘は、この村には……」

どく、どく、どく、どく。エイレーネの鼓動は、痛いほどに打ち続ける。このままでは口から飛び出してしまいそうだと、思わず唇《くちびる》を噛《か》みしめたほどだ。

「あの娘がいる」

長い沈黙のあと、誰かが言った。

「あの、手伝いの娘だ。年も十八、ちょうどいい」

「しかし、あの娘《こ》は……」

ためらった声は、この酒場の主人だ。彼は、白髪《はくはつ》の頭をくしゃくしゃとかきまわす。

「あの娘の母親の死に際《ぎわ》に、約束したんだ……自分たちは流浪《るろう》の民だけれど、娘にだけは、この地で生きてほしいと。彷徨《さまよ》い歩くのは、もうたくさんだと……」

「どこ知れぬところからやってきた、流浪の者じゃねぇか！」

誰かが、大きな声で叫んだ。エイレーネの心臓は本当に口から飛び出しそうになり、さらにぎゅっと上から力を込めて押さえた。どき、どきと高鳴る鼓動が、なおも手のひらに伝わる。

「そんなやつらと、俺たちの村と……どっちが大切なんだ！」

甲高《かんだか》い男の声のあとは、静かになった。誰も、なにも言わない。胸の鼓動を押さえようと胸に手を置くエイレーネは、いきなりあがった鋭い音に瞳《ひとみ》を見開き、文字通り飛びあがった。

誰かが、テーブルの上のグラスを落としたのだろう。床の上で粉々になったであろうグラスの運命は、エイレーネの運命をも指し示しているように思えた。

「エイレーネだ」

低く、しゃがれた声がそう言った。

「そう、エイレーネ。おとなしい……いい子だ」

そのもの言いは、まるでエイレーネが家畜の牛や馬のようだった。

「あの母親が、ここに来て、すぐに死んで。その埋葬《まいそう》も、葬式さえあげてやったんだ。そんな我らの願いを、断ることはあるまいよ」

「エイレーネは、いい子だ」

「俺たちの願いを無碍《むげ》にするような、恩知らずじゃねぇ」

「毎週、教会にも行かせてやってるんだ。祈りの言葉だってすらすら言える」

「流浪の民なら、祈りの言葉の読み書きなんて教養、望むべくもなかっただろうに」

「俺たちを失望させるようなことは、しないだろう」

エイレーネの心臓は、大きく鼓動を刻み続ける。痛いほどに打つそれは、本当に口から出てしまいそうだった。エイレーネは両手で口を押さえて、その場にしゃがみ込む。

「エイレーネ」

「エイレーネだ」

「エイレーネを、悪魔伯爵の、新しい花嫁に……！」

村の向こうの、森の中。そびえ立つ白亜《はくあ》の城。かつてはある伯爵が所有していたというそれは、今では茨《いばら》の這う古びた館《やかた》。そこに住むのは、燃える炎のような色の髪をした悪魔なのだという。見つめた者を死に至らしめる、恐ろしい凶眼を持つという。

「悪魔伯爵の花嫁は、エイレーネだ！」

「花嫁は、決まった！」

心臓が、胸の奥で痛いほどに暴れる。冷たい汗が、頬《ほお》を幾筋もしたたり落ちる。エイレーネは、その青い瞳を大きく見開いたまま、暗い廊下の隅《すみ》で、じっとしゃがみ込んでいた。

第一章　悪魔伯爵の館、淫《みだ》らな調教

ぎぎぎぎ、と錆《さ》びついた蝶番《ちょうつがい》が耳障《みみざわ》りに響く。

開けてくれたのは、真っ白な髪と髭《ひげ》の老人だった。黒の上衣とジレ、同色のキュロットを身につけている。しゃんと伸びた背からは老人というにはまだ早いかもしれないけれど、なにしろ髪と髭が彼の顔を覆《おお》っていて年齢を推測するのは難しいのだ。

老人は、なにも言わなかった。ただ手を差し出してきて、中に入るようにと合図されたように感じたのでエイレーネは中に踏み込んだ。

後ろで、門が閉まる。やはり耳障りな音を立てたそれが閉まり、最後に大きく軋《きし》む音が響いたのに、エイレーネは思わず振り返った。

乗ってきた馬車は、追い出すようにエイレーネを降ろすと、そそくさと去ってしまった。締まりの悪い車輪ががたがたと音を立てて遠ざかってしまったのは、もうずっと前のことであるかのようだ。

住んでいた村は、もう遠い。すでにエイレーネは悪魔伯爵の領内にいて、この錆びついてはいるが大きくて立派な門が、エイレーネを外の世界から隔てている。

ぞくり、と背筋を冷たいものが走った。地面を蹴《け》って、今入ってきた門から飛び出したい衝動に駆られる。しかし門は蟻《あり》の這い出る隙《すき》もないほどしっかりと閉められていたし、老人の目は鋭かった。エイレーネの自由な行動など許さないといったようだ。

「こちらに」

老人は、低くつぶやくように言った。石畳《いしだたみ》のまわりの草はきちんと刈り取られていたが、一歩道を逸《そ》れると、エイレーネの背丈ほどの草が生えている。広い庭は手入れする者がないのか、その必要がないのか。荒れ放題だった。

(ここは、悪魔伯爵の城)

老人に先導されて歩きながら、エイレーネは固唾《かたず》を呑《の》んだ。

(なにがあったって、おかしくない……どんな、不思議な……不気味なことが、あったって)

そびえ立つ城が、近づいてくる。圧倒されて、エイレーネは足を止めそうになる。しかし老人は早足でどんどん先に行ってしまい、彼を見失えばこの庭で迷子《まいご》になってしまいそうだ。

悪魔伯爵の花嫁として差し出されたエイレーネは、どのみち死ぬのだ。庭で行き倒れて死のうと、悪魔伯爵に殺されようと、大差はないように思える。それでも、自ら死に飛び込む勇気はなかった。長く伸びた草むらの中で、白い骨になっている自分を想像するだけで怖気《おぞけ》が走る。

長い石の道を歩き、少しばかり息が切れ始めたころ、玄関が見えてきた。白い石で華麗《かれい》なアーチが描いてある。石には緑の蔦《つた》が絡まり、それは石に刻まれた模様のようだ。

階段も白く、あがったところはとても広くて、エイレーネが働いていた酒場が丸ごとすっぽりと入ってしまいそうだ。その先に、重そうな石の扉がある。細かい模様が彫《ほ》り込まれているが、その上にも蔦が這っている。その蔦はこの館にとらわれ、虜《りょ》囚《しゅう》になる運命のエイレーネを縛《しば》りつけるもののようだと考えた。

エイレーネたちがその前に立つことを知っていたかのように、扉はぎぎぎ、と開く。独りでに動く扉にエイレーネはびくりとしたけれど、老人は眉《まゆ》ひとつ動かさない。やはりエイレーネを手招きし、恐る恐る、エイレーネは中に入る。

扉をくぐって、ぎょっとした。そこには無数の人間が整然と二列に並び、揃って頭を下げている。十人、二十人、ひと息に数えることなどできそうにない。

案内の老人と同じ、銀糸の混じった黒の上衣にジレ、キュロットの男たち。エンパイア・スタイルの黒のドレスに白いエプロンを着けた女たち。いずれの装いもエイレーネに見覚えがあったのは、旅の途中で村に寄り酒場を利用する金持ちたちがまとっていたものと似ているからだ。

「今後、エイレーネさまにお仕《つか》えする者たちです。フットマンたちに、メイドたち」

老人が、低い声で言った。エイレーネはその意味がわからず、思わずまじまじと老人の顔を見てしまった。

「この館の中では、お好きになさってください。用があれば、この者たちにお申しつけを」

「あ、の……」

老人が立ち去りそうになったので、エイレーネは慌てた。老人は、目だけでエイレーネを押しとどめる。

「お好きに、って……どうすれば、いいのか……」

「お好きに、なさってください」

老人は、同じように繰り返した。

「庭を散歩するなり、お召《め》し替《か》えをなさるなり、ご入浴をなさるなり。それとも、お食事になさいますか?」

「い、え……」

エイレーネは、一歩後ずさりをした。いずれもエイレーネの求めていることではなかった。

「あの……、伯爵に、お目に……」

エイレーネは、悪魔伯爵の名を知らない。かといって、まさか「悪魔伯爵」と言うわけにもいかなかったので、口ごもりながらそう言った。

「旦那《だんな》さまは、エイレーネさまにお目にかかりたいときに、お呼びになります」

丁寧な、しかしつけいる隙のない口調で老人は言った。

「今は、そのときではありません。そのときになれば、お呼びに伺《うかが》います」

「あ、……」

そう言って、老人は庭を歩いていたときと同じ歩調で、さっさと行ってしまった。

エイレーネは彼を追いかけようとし、しかし彼女をメイドたちが囲む。

「エイレーネさま、どうぞこちらへ」

「お部屋に、ご案内いたします」

「あ……、は、い……」

目の前には、三人のメイドたちがいる。揃いのドレスに、エプロン。皆黒い髪で、後ろにひっつめている。目も同じように黒く顔つきもよく似ていて、彼女たちを見わけるのは難しそうだ。

「ご一緒に、おいでくださいませ」

彼女たちの口調には有無を言わせぬ調子があって、エイレーネはうなずいてしまう。

こちらに背を向けたメイドのドレスの腰《こし》部分には、花のような形に結ばれたリボンがある。エイレーネは、にわかに自分の格好が恥《は》ずかしくなった。

悪魔伯爵のもとに行くエイレーネを哀れんで、村長の娘がくれたドレスだ。しかし彼女はエイレーネよりも大柄で、袖《そで》は折り返さないと手の甲まで隠れてしまうし、裾《すそ》あげはしてもらったものの腰のリボンは大きすぎて不格好だ。おまけにきちんと洗濯はされているものの、麻でできていた。

しかしメイドたちの揃いのドレスは、見たところ絹だ。エプロンは綿で、仕立ては最新流行のもの。村の酒場を訪ねる旅人たちが身につけていたものから推測したのだけれど、これほど立派な装いは誰も身につけていなかった。エイレーネが絹の風合いを知っているのも、流行遅れのドレスをまとった老女に見せてもらったからなのだ。

エイレーネの密かな羞恥心《しゅうちしん》など、メイドたちの関知するところではないらしい。彼女たちはすべるような足取りで、毛足の長い赤い絨毯《じゅうたん》を踏んで先を行く。

室内も、一面眩《まぶ》しいほどの白い石でできていた。こちらの蔦模様は彫り込まれたもの、ドーム型の天井《てんじょう》には、太陽の光り輝く青空の絵が描いてある。悪魔伯爵の城に青空の絵とは、なにかの皮肉なのか。それとも以前の所有者が描かせたままを、塗《ぬ》り潰《つぶ》さずに置いてあるだけなのだろうか。

天井画を見ながら、エイレーネは階段をあがった。太陽の光を金色で塗ってあるのが美しく、それに目を取られていたものだから、段につまずいた。

「きゃ、っ……！」

エイレーネの体を、メイドが支えた。体重などないかのように抱えあげられて、エイレーネは震えた。いくらエイレーネが小柄でも、このように抱えるなんて。やはり悪魔伯爵の館の使用人も、人ならぬ力を持つ悪魔なのか。

「ありがとう……、ございます……」

メイドは黙礼《もくれい》しただけで、なにも言わない。先導のメイドを見失いそうになって、エイレーネは慌《あわ》てて追いかける。

メイドの足が止まったのは、長い廊下を抜けた先だった。毎日酒場で休みなく働いていたエイレーネでさえも息が切れたのに、メイドたちは足取りさえ乱れない。ひとりが懐《ふところ》を探り、金色の鍵《かぎ》を取り出した。鍵穴に差し込まれ、がちゃり、と鈍い音がする。

「わ、ぁ……っ……」

小ぶりな部屋——あくまでも、玄関からここまで歩いてきた距離のスケールに比べれば、だけれど——は、白で飾ってあった。窓が開いていて、白いカーテンがはためく。春の心地いい風が吹き込んでくる。

「素敵……」

思わず、エイレーネはつぶやいていた。ここは悪魔伯爵の館なのだ。それは常に頭にあったけれど、それでも部屋の光景は目を惹《ひ》いた。

広さは、今までエイレーネが寝起きしていた屋根裏部屋に比べるべくもない。陽の光が当たるところには濃い木目の美しい書きもの机がある。壁際《かべぎわ》には、白い革の張られた大きな長椅子《ながいす》。かたわらの小さな円卓《えんたく》は、上体を起こしたウサギが支えているように作ってある。ウサギなんて、悪魔伯爵の館にはふさわしくない。それでもそれはかわいらしく、真ん中には寝転ぶことができるくらいに大きなテーブルと、やはり白い革の椅子が二脚、具《そな》えてあった。

部屋の様子に目を奪われていたエイレーネは、ふと首を傾《かし》げた。メイドを振り返ると、三人は揃って目を伏《ふ》せてエイレーネの命令を待っているかのようだ。

「あの……、ベッドは、どこかしら」

「あちらの間にございます」

鍵を手にしたメイドが、言った。彼女が指し示したのは、机の脇《わき》にある明るい木目のドアだった。

「その向こうは、浴室になっております。お湯を使われますか？　おやすみになりますか？」

「い、いえ……、そういう、意味では……」

エイレーネは、大きく首を振った。メイドたちは、会釈《えしゃく》をして言った。

「では、ご用の旨《むね》はあちらで。お知らせいただけましたら、まいります」

メイドは、長椅子の横の円卓を差した。その上には、金色の小さなベルが置いてあった。蔦模様が透《す》かしになっていて、手にするのが恐ろしいほどに繊細《せんさい》な作りだ。

「あ……、そう、ですか……」

圧倒されたまま、エイレーネはつぶやいた。どうやらエイレーネに与えられたのは、この部屋ばかりではないらしい。ドアの向こうには寝室が、さらにその向こうには専用の浴室があるようなのだ。

メイドたちは揃って頭を下げ、ドアを出ていってしまう。エイレーネは、慌てた。

「あの、伯爵には……」

彼女たちは、再びエイレーネに向き直った。胸の前で手を組み、身じろぎせずにエイレーネの言葉を待っている。気圧《けお》されそうになりながら、エイレーネは懸命に声を綴《つづ》った。

「いつになったら、伯爵、に……お目にかかれるのですか？」

会いたいわけではない。しかしエイレーネは、この豪華《ごうか》な館で寛《くつろ》ぐために来たのではなかった。村人たちが言っていたように、本当に食われてしまうのか。殺されてしまうのか。それを思うと恐ろしいけれど、殺されてしまうのなら生殺しのようなことはやめて、さっさとしてほしいという思いもあった。

「旦那さまが、お決めになります」

感情のこもらない調子で、やはりメイドはそう言った。

「それまでエイレーネさまは、こちらでお過ごしください」

「……はい」

静かな口調ではあったけれど、有無を言わせない調子だった。エイレーネは士気を削がれて、小さくそうつぶやいた。

扉が閉まる。さやさやと春風の吹き込む部屋の中、エイレーネはひとり取り残された。机を見て、長椅子を見て。そのまま、窓に歩み寄った。

「あら……」

門は、あれほど草が生《お》い茂《しげ》っていた。だから庭もさぞ荒れているだろうと思ったのに、目に入った一角は違った。いくつもの白いアーチや鉄柵《てっさく》に、幾本もの茨が絡みついている。先端にはたくさんの色とりどりの蕾《つぼみ》——。

「ルルディだわ……」

まだ、季節は早い。花は開いていないけれど、気の早いものはすでに蕾を膨《ふく》らませている。ルルディは指先ほどの小さな花がたくさん集まって一輪のように形作られる花だ。三角の形をした花は、今はたくさんの蕾が固まって淡くしか色づいていない。

ルルディの木が何本あるのか、蕾がいくつあるのかなど数えきれない。エイレーネは身を乗り出して思わぬ光景に見入り、もう少しで窓から落ちるところだった。

「誰が……手入れしているのかしら」

あれほどの使用人がいるのだ、庭師がいることは容易に想像できる。しかし庭師も主人の命令に従っているはずで、それならばあのルルディは、悪魔伯爵の趣味だということになる。

村娘を花嫁として娶《めと》り、食らってしまう、悪魔。すべてを焼き尽くす凶眼を持つ恐ろしい生きもの。それがルルディを好むというのは、意外なような気がした。

（花がお好きなんて……、思いのほか、恐ろしいかたではないのかもしれないわ）

そのようなことを考えてはみたものの、しかし恐ろしいことには変わりないのだ。自分を無理に励《はげ》ましても仕方がない。遅かれ早かれエイレーネは、悪魔伯爵と対面する。食われてしまうのか、殺されてしまうのか——命を落とすことは、間違いがないだろう。

（せめて、あのルルディが全部咲くところを……見てみたいわ）

赤、薄赤、橙《だいだい》、白。ルルディが咲き誇りあの一角を埋めるのは、さぞ見応えのある光景だろう。せめてそれを目に収めてから死にたいものだと、エイレーネは思った。

夕暮れが迫《せま》り、窓の向こうは茜《あかね》から群青《ぐんじょう》、黒へと染まっていく。

エイレーネは、窓辺に椅子を引き寄せてそれを見つめていた。メイドたちに案内されてこの部屋にやってきてから、していることといえば窓の外に目を向けることだけ。

「……あ」

空が黒い雲に覆われ始めた、と思うと同時に雨が降り始めた。しとしとと降る雨はやがて激しくなり、悪魔伯爵の館に閉じ込められているエイレーネの心をさらに不安にする。

一応は、自分に許されているらしい部屋べやを見てまわった。しかしその豪華さに圧倒されこそすれ、この館でエイレーネを待っている運命を思うと、心弾むはずもなかった。そして結局、窓際で外の光景を見つめているのだ。

しかし、もう夕暮れだ。雨が降っていることを除いても陽《ひ》は落ち、景色を見つめることもできなくなるだろう。この部屋には燭台《しょくだい》もない。メイドが灯《あか》りを持ってきてくれるのかもしれないけれど、それにしてもエイレーネの目を楽しませてくれるものは、なくなってしまう。

夜の闇《やみ》のことを思うと、恐怖が湧《わ》きあがってくる。エイレーネはぶるりと身を震った。もっとも窓の外の光景といっても、まだ花の開かないルルディの園と、あとはそびえる木々と緑ばかり。人のひとりも、姿を見せることはなかったのだけれど。

ノックの音が聞こえてエイレーネは、はっとした。慌てて返事をすると、メイドが五人、現れた。揃いの衣装に、揃いの髪型。顔がどうにも見わけがつかないのは、まさか全員が姉妹だなどというわけではあるまい。

「お支度《したく》をさせていただきます」

「……なんの、ですか？」

エイレーネは、まばたきをして彼女たちを見た。メイドたちはまるでぜんまい仕掛けのようにてきぱきと動いた。エイレーネのもとにやってきて、衣服を脱がせる者。ドアを開けて浴室のほうに消えていく者。新しい衣装とおぼしきひと揃えを抱えて、もうひとつの扉を開ける者。

「あ、あの……！」

メイドたちは、無言だ。まるで魔法にかかったかのようにエイレーネは裸《はだか》にされて、思わず悲鳴をあげた。

「な……なんなん、ですか……？　いったい……」

「旦那さまの、お呼びにございます」

メイドの言葉に、エイレーネは目を見開いた。身が強《こわ》ばる。メイドはそんな反応を気に留めた様子もなく、エイレーネの手を引いて浴室に連れていく。床のタイルが足の裏にひやりとしたけれど、エイレーネを襲う恐怖は、それを上まわっていた。

浴室は、いつの間にか湯気でいっぱいになっていた。手を引かれて、恐る恐る浴槽《よくそう》に入る。と同時に、鼻腔《びこう》いっぱいに花の香りが湧きあがる。

「なんの、匂《にお》いですか……？」

「ルルディでございます」

花は見たことがあっても、香りを感じるほど近づいたことはなかった。思えば、豪華な身なりをした旅人の中には、こういう香りを漂《ただよ》わせていた者もあったような気がする。

「こんな匂いがするのね……」

同時に、湯の中に浸《つ》かっているというのも奇妙な感覚だった。今まで体を洗うといえば、幼いころは直接川に飛び込んで。大きくなってからは盥《たらい》に満たした水を使って身を擦《こす》るのが精いっぱい。しかし今自分が浸かっているのは肩までの充分な、しかも湯気を立てている温かい湯なのだ。

「エイレーネさま、頭をこちらに」

ひとりのメイドがそう言って、言うがままにすると、銀の髪を四方から軽く引っ張られた。抵抗せずに任せると、浴槽の縁に首を預けるのにちょうどいいくぼみがあるのがわかった。

頭に湯をかけられる。湧き立つルルディの香りの中、頭皮を指先でゆっくりと揉《も》まれた。

「……ふ、……う、っ……」

思わず、ため息が洩《も》れた。これほどに気持ちいいことは、今まで味わったことがなかった。メイドたちは、まるでエイレーネの心を読むことができるかのように、エイレーネの気になるところすべてを指で揉みほぐしてくれた。今までの暮らしでは手入れが行き届いているとは言いがたいエイレーネの長い髪を、ルルディの泡で包み、丁寧に洗ってくれる。

「は、ぁ……」

この館に足を踏み入れてから――正確には、悪魔伯爵の花嫁になると決まってから、これほどに寛いだ気分になったことはなかった。髪の次は体を、やはりルルディの泡で洗われる。裸身《らしん》を見せることに恥ずかしさはあったものの、メイドたちは終始無言で無表情で、あらかじめそう仕掛けられたぜんまい人形のように手を動かす。部屋に案内されたときはそれが不気味だったけれど、今はそのことがかえってエイレーネを羞恥から救ってくれた。

指の先まで、ルルディの香りで洗い清められる。浴槽から出ると、体と髪をエイレーネにはもったいないほどの柔らかい布で拭《ふ》かれる。特に髪は、何度も布を取り替えて水気を拭《ぬぐ》い取られ、エイレーネは生まれて初めて体の汚れすべてを落としきったかのような心地いい、幸福な気持ちに浸《ひた》っていた。

「……あ」

しかしその幸せも、すぐに途切れてしまった。なぜ、これほどに磨《みが》き立てられているのか。髪と体に、やはりルルディの香りのする香油を塗られながら、エイレーネは温まった指先までが緊張するのを覚えた。

「伯爵……、旦那さまは、どのようなかたなのですか？」

下着を着つけられながら、エイレーネは尋ねた。しかし返事は返ってこない。てきぱきとコルセットを締められ、バッスルを結ばれ、ペチコートを重ねられる。

着せられたのは、大きく膨らんだジゴ袖の薔薇色《ばらいろ》のドレス。ドレスのスカートも何重にもなっていて、一番上をいくつもたくしあげ、腰のあたりでリボンで留める。その上には、さまざまな色のルルディの花が飾られた。それらが生花であることは、確かめるまでもない。香油の香りと生きた花の香りで、部屋はいっぱいになった。

「ルルディが……お好きなのですか？」

髪は結《ゆ》わず、ただ耳の上の束だけをすくいあげ、頭の後ろで束ねる。そこにも、鮮やかな赤のルルディの花が飾られた。

「まだ、ルルディの季節ではないのに……どうして、こんなにたくさんルルディがあるのですか？」

エイレーネは悪魔伯爵のことを、ルルディのことを探索するのをやめなかった。しかしメイドは答えず、ただエイレーネの体を磨き立てる。返事がないことが不安だった。話しかけても答えがないのは、まるで彼女たちは生きている者ではないかのようで、その思いにエイレーネはさらなる恐怖を抱いた。

「エイレーネさま、こちらでございます」

メイドに手を取られ、まっさらな靴《くつ》で床を踏む。ハイヒールなど履《は》いたことがないから、怖かったのだけれど。しかし靴は、エイレーネの足にあつらえたようにぴったりだ。

部屋を出て、廊下を歩く。毛足の長い絨毯は、いったいどこまで続いているのだろう。ここでメイドたちが突然いなくなりでもすれば、エイレーネは迷子になって右往左往するしかなくなる。

そうでなくても、ここは悪魔伯爵の館なのだ。行く手に惑って、どこに迷い込んでしまうか——そこには、なにがあるのか。恐ろしい生きものがいて、食い殺されてしまうかもしれない。大きな穴が開いていて、そこは地獄《じごく》への一本道かもしれない。それほどに広い館の中も——やがて、目的地が見えてきた。

そのドアは、エイレーネを呼ぶ者が待つ部屋への入り口だ。そこには、悪魔伯爵がいる——エイレーネは思わず足を留めてしまい、しかしメイドが、驚くほどの力で引っ張った。

「旦那さまをお待たせしてはなりません」

「……はい」

必要なこと以外口を動かさないメイドが、きつい調子でそう言ったものだから、エイレーネは思わずうなずいた。そのまま手を引かれ、美しい黒の木目が印象的なドアの前に立つ。

（ここが……、悪魔伯爵の……？）

ごくり、と固唾を呑む。悪魔伯爵とは、どういう生きものなのか。どのような恐ろしい顔をしているのか、声をしているのか。想像はいろいろに巡《めぐ》り、実際に目にするのはなによりも恐ろしい。メイドはそんなエイレーネの逡巡《しゅんじゅん》になど思い及ぶ様子もなく、ドアを叩《たた》いた。

「入れ」

ぞくり、とエイレーネの背に悪寒《おかん》が走る。少し掠《かす》れた、低い声。まるで聞く者を突《つ》き放すような。それでいて身動きできないように、からめとってしまうとでもいうような。

心臓が、激しく打ち始める。痛いほどだ。口から飛び出そうなのを、何度も固唾を呑むことで抑えつけた。

（怖い――！）

エイレーネは、胸の奥でそう叫んだ。しかし聞く者は誰もおらず、仮にいたとしても、この場にはエイレーネを救ってくれる者は誰もいないだろう。

扉が、開く。見えたのは、闇――ぽつりと浮かぶ、白い光。エイレーネは目を見開いたまま、メイドに手を引かれて中に入る。

部屋に足を踏み入れると、黒い闇が身に絡みついてくるようだった。まるで、蜘蛛《くも》の巣《す》のような闇――それに引き寄せられるように足を動かし、そして彼の目の前に、立った。

「……、っ……」

闇の中に浮かんでいるのは、銀色の燭台の蠟燭《ろうそく》の灯り。それは小さな円卓の上に置かれていて、かたわらには革椅子がある。

細かな彫刻のされた肘置《ひじお》きに腕を載せ、頰づえをついている人物。闇のように黒い襟《えり》の高いフラックに、キュロット。組んだ足には、黒革の短靴。

彼の顔は、蠟燭に照らされてぼんやりと目の前にあった。長い睫《まつげ》の影が目もとに落ちていて、それもあるのだろう、顔色は青白く、まさに『悪魔』と呼ぶにぴったりだった。

瞳は、漆黒《しっこく》。完璧《かんぺき》に整ったアーモンド型のそれは、じっとエイレーネに注がれている。それが、微《かす》かに見開かれた。

（なに……？）

彼は、驚いたのだろうか。そのような気配がしたような気がしたけれど、彼はなにも言わなかった。瞳も、すぐにもとのようにすがめられる。

（……凶眼……）

ごくりと固唾を呑んで、エイレーネは彼の目を見返した。まだ殺すつもりではないのか、それとも命を奪うにはなんらかの必要な条件でもあるのか。少なくとも今すぐに、悪魔の凶眼に焼かれてしまうようなことはないようだ。

まっすぐで高い鼻梁《びりょう》、微かに笑みを浮かべている薄い唇。燃えあがるような色の髪は後ろで束ねているらしく、艶《つや》やかなひと束が、肩にまっすぐに下りていた。

鼻腔をくすぐるのは、ルルディの香りだ。エイレーネの体に擦《す》り込まれた香油ではない。同じルルディでも、どこか精悍《せいかん》な男性を感じさせる香りだった。

その香りに取り込まれたように、また心臓が跳ねあがる。どく、どく、とただならぬ音を立て始める。

息を呑み、エイレーネは彼の前で硬直する。背後で扉が閉まる。その音に、エイレーネはびくりとした。しかし同時に、目の前の男から目が離せない。黒の、悪魔。闇に包まれた、その肢体《したい》——視線。エイレーネは、まばたきをすることも忘れた。

「エイレーネ」

男は、掠れた低い声でそうつぶやいた。磨き抜かれた教会のオルガンの、一番左端の鍵盤《けんばん》を押したような。エイレーネの体の奥にまで響くような、そんな声。エイレーネは、また震える。

「銀色の髪に、青の瞳」

値踏みするように、男は言った、その瞳はエイレーネの衣装を通り抜け、その肌《はだ》をも検分するかのようだ。まるで自分が、丸裸にされたように感じる。その羞恥と、恐怖にエイレーネは震えた。

「なるほど、我が花嫁にふさわしい……香り高き姿態、だな」

「あ、の……」

エイレーネは何度も息を呑んで、やっと声を紡《つむ》ぎ出した。男が、応えるように目をすがめる。

「あなたが……悪魔伯爵なのですか」

男は細めた目をそのまま、エイレーネを見つめた。しばしの沈黙ののち、忍び寄ってくるような笑い声があたりに響く。

「悪魔伯爵、か」

「あ、あの……、申し訳ありません……」

彼は、さも楽しげにくつくつと笑った。エイレーネには、それがなにを意味しての笑いかわからない。不興を買ってしまったのか、予想外に気に入られたのか。戸惑うエイレーネを前に、男は笑い続ける。

機嫌を悪くはしていないようだ。しかし彼がなぜ笑っているのか。エイレーネにはまったく判別できず、どういう態度を取ればいいのかもわからない。

「私を、直接その名で呼んだのは、おまえが初めてだよ。エイレーネ」

「も、申し訳……」

「ルキニアスだ」

男は、エイレーネを指さしてそう言った。その手は闇の中に埋もれてしまってよく見えなかったけれど、白くなめらかそうな、男性にしては華奢《きゃしゃ》な手だった。

「私のことは、ルキニアスと呼べ」

「あ、はい……ルキニアスさま……」

エイレーネの声は、わなないていた。思わず左胸にぎゅっと手を置く。どく、どく、と心臓が変わらず、激しく鼓動を打っている。恐怖のわななきは止まらない。エイレーネの体は、ずっと小刻みに震え続けている。

そんなエイレーネを、ルキニアスはしばらく見つめていた。そして立ちあがる。濃いルルディの香りが、エイレーネを包み込むような渦《うず》を描いた。

彼は、エイレーネのもとに近づいてくる。その吐息《といき》までもが感じられそうなほどに近づかれ、エイレーネの心臓はまた高く鳴った。

「エイレーネ。おまえの、魂《たましい》の色を見せろ」

「……え？」

思わぬことを言われて、目を見開く。ルキニアスの手が、エイレーネの顎《あご》をとらえる。冷たい手だった。エイレーネはびくりと震え、そんな彼女の反応を楽しむように、彼はそのまま手をすべらせる。

「あ、……っ、……」

咽喉《いんこう》に手がかかる。指先で、血の管を辿《たど》られる。どくどくと流れる血の軌跡《きせき》をなぞって彼はゆっくりと指を下に這わせ、それはエイレーネの左胸に触れた。

はっ、とエイレーネは大きく息を呑んだ。その奥には、エイレーネの心臓がうごめいている。今にも飛び出さん勢いで、激しく脈を打っている。

どくん、どくん、とうごめく心臓を押さえつけるように、ルキニアスは左胸に触れている。じっとエイレーネを見つめ、彼女の反応を窺《うかが》っているかのようだ。

漆黒の瞳がまばたきもせずに、エイレーネを見ている。その視線に晒《さら》されることは恐ろしく、また気恥ずかしくもあった。しかしエイレーネは逃げられない。逃げては

いけないのだ。

（母さん……、わたしの幸せを、祈ってくれていた母さん……）

今は亡き母に、エイレーネは祈りを捧《ささ》げる。

（ごめんなさい……、わたしは、今から……悪魔伯爵の、餌食《えじき》になります。それが、わたしに与えられた運命だったの……）

懸命に、自分に言い聞かせようとした。エイレーネは、激しく打つ胸の鼓動とともに混乱の中にいる。

そんな彼女の左胸に触れているルキニアスは、ふっと息を洩らした。そしてもうひとつの手でエイレーネの手を引き、彼女が驚く間もなく続き部屋に引き寄せた。

肩を軽く押されて、ハイヒールで不安定な足もとがすべり——気づけば、柔らかいものの上に横になっていた。

「あ……ぁ、っ……」

見あげると、高い天蓋《てんがい》が目に入る。細かい編み目のレースと、どっしりとしたワイン色の天鵞絨《ビロード》が見える。この広いベッドの天蓋を覆い尽くす布地なのだから、どれほどに大きいのだろう。幾人ぶんの衣を仕立てることができるだろう——エイレーネは、どこか遠いところでそのようなことを考えていた。

「っ、……あ、あ！」

思わず声が洩れた。ルキニアスが、エイレーネの首筋に触れたのだ。冷たい指が、なめらかな肌をすべる。形を確かめるように押され、そのたびに小さな吐息が洩れた。

「あ、……、ぁ……」

そっと、彼の赤い髪が頬に触れる。同時に、首筋に唇を押し当てられた。ちゅくっと吸いあげられて、エイレーネの体はひくりと震える。ルキニアスは両手それぞれでエイレーネの双肩《そうけん》を包んでいて、エイレーネに感覚を逃す隙も与えない。小さな音を立てながら首筋へのキスが。続いた。

「おまえ、も……今はまだ穢《けが》れなき、白。曇《くも》りのない、清き魂……」

「ルキニアス、さ、ま……？」

エイレーネの首を愛撫《あいぶ》しながら、ルキニアスは小さくささやく。痕《あと》がつくほどに強く吸いあげられて、びくりと肩がわなないた。その上に手を置いて、ルキニアスは首筋を舐《な》めあげる。通る血液の流れを確認しているかのように、同じところを何度も繰り返し舐めた。

「……、っ、あ……、っ……」

ルキニアスの舌の動きは、身の奥からざわりとしたものを呼び起こす。このままではどこか遠いところに連れ去られて――二度と戻れなくなってしまう。直感的に、そう感じた。

「ル、キニアス……、さ、まっ……」

ルキニアスの舌が、首筋を辿って耳の裏にすべる。そこをざらりと舐めあげられて、エイレーネは震える体を押さえながら彼の名を呼んだ。

「そ、んな……ところ。おかしい、です……」

「おかしくなど、ない」

彼は、小さく笑った。濡《ぬ》れた敏感な部分に吐息がかかって、エイレーネはまた震えてしまう。肩に触れる彼の手は冷たかったけれど、舌は熱い――エイレーネを知らぬ場所に追い立てようとでもいうように、唾液《だえき》の痕をつけてくる。その温度差に、エイレーネは大きくわなないた。

「こう反応するのが、あたりまえだ。触れられて、感じる……人間の女は、そのようにできている」

「……ルキニアス、さま……?」

ルキニアスはエイレーネの首筋に顔を埋めていたから、表情はわからない。しかし彼の口調がとても悲しそうに聞こえて、思わず名を呼んでしまったのだ。

彼は吐息をつく。応えるようにエイレーネの耳の縁を咬《か》み、情動は激しく体の芯を伝った。ベッドの上でエイレーネは身を強ばらせ、それを舐め溶かそうとでもいうようにルキニアスは繰り返し、耳を愛撫する。

「ふぁ……、っ、……っ……」

与えられる刺激は小刻みで、初めてのエイレーネの体がついていけるようにと待ってくれているかのようだ。同時に未知の感覚は絶え間なく体中を巡っていて、息をつく間もない。体中が、震えている。心臓が、どく、どく、どくと大きく跳ねる。

「……あ、ぁ……、っ……」

耳の形を舌でなぞられて、するとぞっと、悪寒が走った。同時にじゅくりと、両脚の間が湿《しめ》っていく——エイレーネは、思わず腰を捩《よじ》った。

（な、に……、これ、……っ……）

自分の体の反応に、戸惑う。しかしすぐに思い当たった。これが、女の体の反応。男に触れられた女は、自ら濡れて男を受け入れるのだ——。

（わたしは……、今から。ルキニアスさまに、抱かれる……？）

酒場の下働きであったエイレーネは、酔《よ》った男たちの下世話な話からそういうことを知っていた。しかし具体的にはどういうことなのかわからない。さらには酒焼けで顔の赤くなった大きな声で話す乱暴な男たちと比べて、ルキニアスはあまりにも美しすぎた。同じ生きものとは思えない——否、ルキニアスは悪魔なのだ。そんな彼が、あの男たちと同じことをするなんて考えられなくて——。

「は……、あ、ああ……っ……」

耳朶《じだ》を咬まれた。つきりと走った微かな痛みを、ルキニアスの舌が癒《い》やす。ねっとりと舐められて、また歯を立てられて。エイレーネの呼気は、だんだんと乱れたものになっていく。

「あ、ぁ……、ルキニアス、さま……」

ルキニアスは、エイレーネの左胸に手を置いた。それがゆっくりと、ドレス越しの乳房を揉むのに、エイレーネは切れ切れの声を洩らした。その奥に潜む心臓が、痛いほどに脈打っている。彼の手には、その鼓動が伝わっているだろう。

耳に、首筋に、そして乳房に。与えられる刺激は穏やかで、優しいものであったはずなのに。エイレーネはまるで全力で駆けたかのように、息を乱してしまっている。

ゆっくりと、ルキニアスが口を開く。

「白く、穢れない……しかしこれも、すぐに堕《お》ちる。黒く染まって、底のない闇に堕ちていく……」

「ルキニアスさま……?」

彼は先ほどから、奇妙なことばかり口走る。なにが言いたいのだろう。エイレーネに、なにを求めているのだろう。

「……っ、あ……!」

乳房を摑《つか》む手に、力が籠《こ》もった。びくりと大きく体が震える。歯の根まで響く今までにない感覚に、エイレーネは呻《うめ》きをあげる。ふっ、とルキニアスが熱い息を吐いた。

「ルキニアス、さま……？」

そっと、声をかけた。いきなりルキニアスが掴む手に力を込めたことに、エイレーネは大きく身を跳ねさせた。

「あ、……っ……！」

ルキニアスは手をそのままに、ゆっくりと体を起こした。エイレーネは荒い息を吐きながら、彼の顔を見あげる。

かたわらの燭台の灯りでは、わずかにその輪郭《りんかく》が目に入るだけ。白い顔にはひと束の燃えるような赤い髪とともに影が落ちていて、それでも彼の黒い瞳がじっと自分を見つめていることはわかった。彼が掴んでいた左胸、その奥にある心臓を突き刺すように――そして。

「はぁ……ああ、あっ！」

彼の手に、さらなる力が込められた。それは強烈な痛みを伴ってエイレーネを襲い、寝室にはエイレーネの悲鳴が響き渡った。

「ルキ……ニアス、さ……ぁ……」

エイレーネの切れ切れの言葉は、彼の鋭い視線に遮られる。この暗さなのに、彼が自分を見つめていることがはっきりとわかる――暗闇に浮かぶ、漆黒のまなざし。射《い》貫《ぬ》かれたように、エイレーネは瞠目《どうもく》する。

「堕落《だらく》しろ」

彼は、ささやいた。また、左乳房を強く摑まれた。ひくりとエイレーネの咽喉が鳴る。ルキニアスはじっとエイレーネを見つめたまま手を伸ばし、胸もとに触れてきた。結んであるリボンを、しゅるりとほどく。

「あ……、っ……」

このまま舞踏会にでも出られそうな豪奢なドレスだと思ったのに、ルキニアスの手にかかると自分はなにをまとっていたのかと思う。

結び目をほどいて肩を剝《む》き出しにし、引き下ろすと真っ白な乳房が露《あらわ》になった。ふるりと揺れたそれを、エイレーネは慌てて両手で隠す。

「隠すな……」

ルキニアスがささやいた。

「どうせ、感じているのだろう？　もっとと、男をほしがって……震えているのだろうに」

「や、あ……、っ……」

腰の紐《ひも》もほどかれ、ペチコートとバッスルが取られてベッドの下に落ちる。ドロワーズを両脚から抜かれて——エイレーネは、なにひとつまとわない姿になった。

「そら、見ろ。快楽を求めて、悦《よろこ》んでいる」

肌に触れる空気は冷たくて、エイレーネは大きく身震いする。しかしそれは、部屋の温度のせいばかりではなかった。じっと見つめてくる、ルキニアスのまなざし。その瞳に宿るのは欲望なのか――それとも。

「ん、ぁ……、っ……」

ルキニアスは、手を伸ばす。胸を隠したエイレーネの腕を易々《やすやす》とほどかせてしまい、顔を伏せた。そこにはエイレーネの乳房、その先端に色づく尖《とが》りがあって、彼はそこに舌を這わせてくる。

「あ、あ……、や、ぁ……っ……！」

「すでに尖らせて……。ほら、おまえの淫らの形だ」

彼は、両脇に手をすべらせた。すくうように両の乳房を寄せ、すると尖った先端が触れ合った。ルキニアスの舌が、双方を一度に舐めあげる。淡い薔薇色のそこは、たちまち感じてますます硬く勃《た》ちあがった。

「……ひ、ぅ……、っ……」

そのような場所を、愛撫されるなんて――服を脱ぐときや着るとき、自然に擦れる場所だけれど、意識したことなどなかったのに。柔らかい舌が這うたびに、ぞくぞくとした痺《しび》れが走る。それは耳を咬まれたとき――それ以上で、エイレーネの肌がわななき始める。

「や、ぁ……、ん、な……、ぁ……」

「やはり、淫乱《いんらん》な女だ」

乳首を舌で辿りながら、ルキニアスは冷ややかに言った。

「まだ、たいしていじってやってもいないものを……すでに、濡らして」

「いや……、言わ、ない……で……っ」

体の奥、両脚の谷間。エイレーネは身じろぎし、すると静かな部屋に忍ぶように、くちゅりという音が聞こえた。それはエイレーネの気のせいだっただろうか――ルキニアスは大きく舌を出して、乳首を舐める。両胸に貫かれるような衝撃があって、エイレーネはぎゅっと目をつぶった。ずくん、と疼《うず》く快楽が体中に広がる。

「あ……あ、あ……っ……」

エイレーネは体に力を入れて、それをやり過ごそうとする。しかしルキニアスはなおも舌を動かす。せめて、濡れた音を立てる脚を閉じてやり過ごそうと思ったのに、両膝《りょうひざ》の間にはルキニアスの脚が入ってきた。

「感じるままに、声を出せばいい」

右の乳首を、そして左を。彼は交互にくわえ、強弱をつけて吸う。力を入れて、そしてまるで赤ん坊が母親に甘えるように。快楽の波は大きな揺れ幅でエイレーネを翻《ほん》弄《ろう》し、リンネルを摑むことで快楽を逃がそうとするものの、常にルキニアスの手業《てわざ》のほうが上を行く。

「……ん、ぁ……や、っ……」

「なにを、怯《ひる》むことがある？」

左の乳暈《にゅううん》までを口に含み、音を立てて吸いあげられた。淫らな音が、寝室に広がる。エイレーネは大きく胸を反らせてしまい、するとルキニアスは低く笑った。

「感じればいいと、言っているのだ……私に、逆らう気か？」

「そ、んな……ぁ、ぁ……っ……」

彼の手は乳房を包み、強く揉みあげてきた。ひくっ、とエイレーネの咽喉が震える。それを追い立てるように、乳房が乱暴に揉まれた。ずくん、と貫く刺激が大きくなる。

「これほど、淫らな体をしているくせに……堕ちるのは、いやだと言うか？」

「ち、が……、ぁ、あ……」

「違わないな」

また、吸い立てられる。今度は右に愛撫を与えられた。形をなぞるように舐められ、何度も舌を這わせられて肌が粟立《あわだ》つ。唾液を塗り込むように指先で擦られ、つままれる。彼はそのままぎゅっと力を込めて乳首を刺激すると、その先端を爪先《つめさき》でくすぐる。

そんなわずかな部分なのに、伝い来る刺激はあまりにも激しい。エイレーネはベッドの上で何度も腰を跳ねさせて、そのたびに谷間のぬるつきは濃くなっていく。

「見ろ……ここだけで、こんなに感じて。こちらも……」

ルキニアスの膝が、エイレーネの脚をさらに拡《ひろ》げさせる。膝が谷間に触れて、擦られたことに腹の奥が疼くような感覚があった。しかし彼はすべてをまとったまま、襟さえ緩めずにエイレーネを翻弄しているのだ。

「蕩《とろ》けているのだろう？　男を……罪を、くわえ込みたがっているのではないか？」

「つ、み……？」

掠れた声で、エイレーネはつぶやいた。そんな彼女を責めるように、彼は寄せあげた乳房に指を食い込ませて揉みしだいては嬲《なぶ》り、先端に唇を落とす。感じる神経に繋《つな》がっている部分を舌先でくじると、くわえては吸いあげ、薔薇色だった尖りが赤く染まり始めるまで、執拗《しつよう》にもてあそんだ。

「や、ぁ、あ……、ああ、あ……っ！」

「初めてとは思えない反応だな。やはり……罪深い女。淫らな、女」

ルキニアスの言ったことは、どういう意味なのか。しかし詮索《せんさく》する余裕は与えられない。乳首が紅《くれないいろ》色に染まるのと同じく、エイレーネの体も炎を飼っているかのように火照《ほて》っている。胸にばかり触れられて、そこから全身に走る愉悦《ゆえつ》に耐えきれず、エイレーネは背を反らして声をあげた。

「も、……や、ぁ……っ……」

「もう、ほしくないと?」

ルキニアスが笑う——否、彼は嗤《わら》ったのだ。その手はエイレーネの腰に伸び、下半身から上半身への稜線《りょうせん》を乱暴に撫であげた。

「……い、ぁ……っ……」

「私は、嘘《うそ》は嫌いだ。感じていると、言え」

「や、……っ、……っ……」

エイレーネは、思わず口もとを手の甲で隠す。そのような淫らなことを、口にできるわけがない——しかし押さえた手からも喘《あえ》ぎは溢《あふ》れるように洩れ出して、感じていないなどと言い逃れることなどできない。

「淫乱な、女。……言え。感じていると、私に聞かせろ」

ルキニアスは、腫《は》れた乳首をかりりと咬んだ。そうやってエイレーネに声をあげさせると、視線をあげてエイレーネの顔を見る。

「体に触れられて、たまらないと……言え」

「や、ぁ……、っ……」

彼は再び顔を伏せ、その舌が乳房の形をなぞる。そのまま濡れた熱いものが、肌をすべった。

みぞおちの骨を辿るようにされ、その痕を指でなぞられた。愛撫は柔らかな起伏《きふく》を描く腹部に落ち、ちゅくちゅくと何度も強く吸いあげる。そのたびにつきりとした痛みが走り、しかしそれはその奥、エイレーネ自身も知らない秘めた場所への刺激にしかならない。

「んぁ……あ、あ……っ……」

彼の体が入り込み、大きく開かされた両脚の間が濡れてくる——蜜《みつ》は伝ってリンネルにまでしたたっている——それがはっきりと感じられるまでにエイレーネの体は敏感になっていて、だからそこをちゅくりと舐めあげられたとき、悲鳴のような嬌声《きょうせい》をあげてしまった。

「や……あ、あああ、あっ！」

思わず手を伸ばし、ルキニアスの赤い髪に指を絡める。しかしエイレーネの力などなんでもないかのように、彼は蜜園への愛撫を続けた。

舌先が、花びらをかすめる。ほんの少し、試しに味わおうとでもいうような微細な動き。だからこそよけいに感じてしまって、声があがる。彼は何度かわななく花びらに舌を這わせ、そっと唇で挟むと捏《こ》ねまわす。

「いぁ、あ……あ、ああ……、っ……！」

唇越しに、歯を立てられる。痛いはずはない——やわやわと与えられる快楽にエイレーネは身を捩ったけれど、もどかしい、と感じてしまったのはなぜなのか。

「あ、あ……ああ、あっ……」

ルキニアスの髪に絡める指に込められる力は、彼を拒んでのものか引き寄せようとしているのか――自分でもわからず、ただ襲い来る快感の波に呑まれるばかりだ。それは底が知れず、いったいどこに連れていかれるのか――恐怖と快感がない交ぜになって、エイレーネを包み込む。

彼の舌は、花びらの間に入り込んできた。そこはすでにしとどに濡れていて、ぺちゃぺちゃとあがる音が自分の蜜のせいなのか、彼の唾液なのかわからない。淫らにあがる音は彼の舌のせいだと思おうとして、しかしそんな思考もすぐに霧散《むさん》してしまう。

「や、ぅ……、っ、……、ん、んんっ、ん！」

体中に、びりびりと雷《かみなり》が走りまわっているようだ。心臓がどきどきと、痛いほどに跳ねているのがわかった。

ルキニアスの舌が動いて、花びらの重なりをかきまわす。根もとにまで差し入れられて、蜜をすくい出すかのように舐めあげられた。ちゅくん、と音を立てて吸われ、びくんと腰が跳ねあがる。それを腰骨に置いた手で押さえつけられ、すると快感はさらなる刺激となって体中を巡った。

「これでも、感じていないというのか？」

「い、ぁ、……あ、ああ、あっ……」

「これほど、濡らして。垂れ流れるほどではないか……」

「やぁ……っ、っ……あ……」

彼の声が、体の奥に響く。それがエイレーネを感じさせていることを、ルキニアスはわかっているのだろうか。蜜の絡んだ、甘い声——静かな寝室に響く、淫猥《いんわい》な声。エイレーネが身悶《みもだ》えするたびにベッドがぎしぎしと鳴るのでさえも、体の熱を追いあげる音となる。

片手が腰から離れ、両脚の間に入り込む。はっ、とエイレーネが大きく息をついたのと、頭の芯を突き抜けていくような衝撃が走ったのは、同時だった。

「あ……、あ……、っ……！」

なにが起こったのか、わからなかった。エイレーネは思わず視線を落とし、目にはルキニアスの赤い髪と、黒い瞳が映る——その舌先がとらえているのは淡い茂みの奥の、誰も触れたことのない秘芽だった。

「……や、っ、……あ、あ……、ああ、あっ！」

目が合った彼は、にやりと笑う。まさしく悪魔と言うにふさわしい、禍々《まがまが》しさを感じさせる笑み——それなのに、なぜこれほどに魅惑的なのだろう。乱れた髪も欲を孕《はら》んだ瞳も、濡れた唇も蜜を絡ませた舌も、なにもかもがエイレーネをとらえて離さない。

「エイレーネ」

低い声で、ルキニアスはささやいた。その声に反応して、体の奥が痙攣《けいれん》して歯の根が合わない。

「堕ちろ、……堕ちてしまえ」

ちゅく、とエイレーネの淫芽を吸いながら、彼は言った。

「どこまでも……深いところまで。私の手も、届かないほどに」

「いあ、ああ、……っ、ああっ……！」

容赦《ようしゃ》なく、歯が立てられる。先ほどのように唇の柔らかい肉越しではない、直接咬まれてびくんと下肢がのたうった。しかし腰にかかった手がエイレーネの自由を許さず、そのせいで逃がすことができない快楽が指先にまで注ぎ込まれる。

「ああ、……っ、ぁ……っ……！」

この快楽は、凄《すさ》まじすぎる――あまりの深みに、取り込まれてしまう。体中を包み込む愉悦はエイレーネを呑み込んで、この奔流《ほんりゅう》はやがて、エイレーネのすべてを滅《ほろ》ぼしてしまう――。

「っあ、あ……っ、……っ……！」

愉悦のあまり引きつっている体に、さらなる刺激が与えられた。淫らに勃った芽を、彼が吸った――根もとまでを包み込んでの衝撃――エイレーネのつま先が、強く反る。目は大きく見開かれ、その咽喉から洩れる声は掠れて音にならない。

「……、っ……あ……、あ……ああ……」

視界が、真っ白に塗り潰される。唇がわななく。体の輪郭が曖昧《あいまい》になって、自分がどこにいて、なにをされているのか――なにもかもわからなくなって。ただ自分が凄まじい快楽の中にいるということだけは、わかる。

（これが……『堕ちる』、ということ……？）

ただ強烈な白い世界で、うまく考えをまとめることができない中にあって、ぼんやりとエイレーネは思った。

（ルキニアスさまが、おっしゃってる……こと……？）

とすれば、堕ちるというのは、なんという――悦楽。息巻くほどの享楽《きょうらく》。いつまでも浸っていたいような、同時に――あまりにも危険な罠《わな》。ひと口を飲むぶんには愉悦でも、過ぎると体を壊してしまう、芳醇《ほうじゅん》すぎる酒のような。

（溺《おぼ》れる……なにもかも、わけが、わからなく……、っ……）

ああ、と声が洩れる。体は深くに落ち込み、沈みきっては浮上していく――彼のもとへ。今までエイレーネの知らなかった歓楽をくれる、悪魔のような恐ろしい男のもとへ。

エイレーネは、むやみに空《くう》をかきまわした。

(怖い……、怖い、怖い!)

ぎゅっとその手を摑まれて、はっと我に返る。白い世界が、あっという間に闇に塗り潰される。目の前に、夜空に散った金の星が——長い睫に彩られているそれがなんなのか、理解できたエイレーネは、何度もまばたきをした。

「ルキニアス、さま……」

大きな息がこぼれた。その熱さ、ぞっとするような艶《なま》めかしさに、大きくわななかいた。ルキニアスは体を起こしていて、エイレーネの右手首を摑んでいる。

「……あ」

あの白く恐ろしい世界で、手を取ってくれたのはルキニアスだったのか——エイレーネは言葉を発しようとし、しかし唇が震えて思うようにならないことに気がついた。

「やはりだ。淫乱な女」

ルキニアスは、目をすがめて言った。その声音にあるのは嘲笑《ちょうしょう》と——悄然《しょうぜん》。彼はなにを嗤っているのか——憂《うれ》えているのか。エイレーネは何度もまばたきをし、そんな彼女を、彼はじっと見つめる。

「おまえも、罪を望む……穢れた女」

彼のつぶやきの意味を解することはできなかった。ルキニアスは摑んだエイレーネの手を、そのまま彼女の頭の上に押しつける。エイレーネのなにもまとわない白い脚を今まで以上に大きく拡げさせると、愛撫に蕩けた蜜園に、なにか熱い濡れたものを突きつけてくる。

「おまえの、魂の色を見せろ。どれほど黒く染まったか……確かめてやる」

「や、……ぁ、あ……あ……」

男の怒張だ。実際に見たことはなかったけれど、ベッドの上で女を組み敷いた男がなにをするのか――エイレーネは花嫁なのだ。夫たるこの男に抱かれて、熱を受け止めて――そして食われてしまうのか。凶眼に焼かれて殺されてしまうのか。

「……っ、あ……」

白い世界で味わった恐怖以上に、現実的な恐ろしさが背中を伝った。エイレーネが固唾を呑むのと同時に、蜜口が破られる――柔らかいそこは男の欲望を拒み、しかしルキニアスは容赦なく突き立ててくる。

「は、……ぁ、あ……ぅ、……」

強烈な異物感。エイレーネは懸命に耐えた。彼女の意思とは裏腹に、一度は拒んだ蜜園は素直に口を開いた。開かれたことのない清いはずのエイレーネの体は、与えられるものの美味を感じ取ったとでもいうのだろうか。濡れた先端が、ずくりと挿《はい》り込んでくる――。

「ぁ、あ……あ、ああ……っ、……！」

腰が跳ねあがったけれど、ルキニアスの強い手が押さえつけている。花びらがかきわけられ、蜜を流す洞《ほら》の口を熱杭が踏みにじる――内壁《ないへき》が乱暴に擦られて、エイレーネは悲鳴をあげた。

「ゃぁ、あ……ああ、あ……あ、あっ！」

ゆっくりと、媚肉《びにく》が押し拡げられる。じゅく、ずく、と蜜が音を立てた。蜜のぬめりが男の侵入を助けていたけれど、それでも破られる責め苦は、エイレーネをさいなみ――やがてその声には、わずかに艶めいた色が混ざり始める。

「あ、……っあ、あ……や、あ……あ……！」

「……く、……、っ……」

微かに、ルキニアスが呻いた。エイレーネは彼の顔を見つめた。いつの間にかたまっていた涙のせいではっきりとは見えなかったけれど、きつく眉根を寄せたその表情が苦しそうで――辛《つら》そうで。

「ルキニ、アス……さま、……？」

舌がうまく動かない。曖昧な口調で呼びかけたエイレーネは、腕を伸ばす。ルキニアスの背に手をまわし、抱き寄せた。

「い……あ、あ、ああっ！」

彼の体が腕の中に倒れ込んできて、挿入の角度が変わる。未熟な肉を突かれ、エイレーネは声をあげた。挿り込んだものは少し引き抜かれ、息をついたのも束《つか》の間《ま》、やはり熟れていない蜜洞を擦られる。

「だ、め……、も、……う……」

掠れた声で拒否してみても、腰を抱えるルキニアスの手にはますます力がこもった。逃げられるわけがない——逃げるわけがないのに。エイレーネは抱きしめた彼の耳もとで、途切れ途切れの哀願をこぼす。

「……め、っ……、れ、……じょ……」

ああ、と嬌声があがった。彼の欲芯が、どこかを突いた——体の深く、誰かに触れられることなど考えもしなかった場所に。エイレーネは、大きく目を見開いた。ぽろり、と涙が頬を転げ落ちる。

「いぁ……、あ……ああ、あ……っ……」

「いや、ではないだろうが」

熱い呼気とともに、ルキニアスが言った。

「中が……悦んでいる。私を歓待して、動いているぞ」

「や……、っ、……そ、んな……ぁ……」

自分の淫らさを言葉で聞かされて、体中が熱くなった。そんなエイレーネとは裏腹に、体はまるで歓喜するように反応するのだ。

「熱いな……、そして、きつい。おまえが、淫らな女である証《あかし》だ」

嘲笑《あざわら》うような口調なのに、同時に辛そうなのはなぜだろう。エイレーネの目がおかしいのだろうか。与えられるあまりの衝撃に、耳がおかしくなってしまったのだろうか。

「私の、花嫁……」

ルキニアスはつぶやいた。甘いはずの言葉がどこか苦いように感じたのは、エイレーネの耳かおかしくなっていたからなのか——苦渋に満ちた声が言う。

「せめて……死にかたは選ばせてやる」

エイレーネは息を呑んだ。同時にずくりと突きあげられて、嬌声が唇を破る。

「私の、情けだと思え……淫らな、人間の女」

「ああ、あ……ああ、あっ！」

彼の口調に引っかかるものがあったのに、それがなにか考えることはできなかった。

ルキニアスは大きく腰を引き、開かれることを覚えたばかりの蜜口を荒々しく拡げる。内壁を擦り立て、媚肉を絡ませながら奥へと突き込む。最奥《さいおう》を抉《えぐ》られて、エイレーネは声を失った。

「……っあ……、っ……ああ、あ……」

ずくん、と腹の奥にまで深く徴《しるし》をつけられる。まだ青い体が反応する。それでいて先ほどから、奥深くより迫《せ》りあがってきていたもの——エイレーネの悲鳴に色をつけ、暴かれる行為が苦痛ばかりではないと知らしめるなにか。

「ふぁ……あ、ああ……あああ、あっ！」

深い、深い場所を突きあげられた。そこには未知のものが眠っていて、ルキニアスの動きによって目覚めようとしている——しかし彼のすべてを受け止めるには、エイレーネの体はまだ成熟していなかった。彼のつぶやきを、吐息の意味を理解する余裕もない。

「ああ、ん……っあ、あ……ああ、あ……！」

ルキニアスの背を抱いたまま、エイレーネは嬌声をあげ続けた。じゅく、じゅくと音を立てながら引き抜かれ、蜜を垂らす媚肉がめくれあがる。花びらの重なりを乱されて、それに感じて声が洩れた。そんなエイレーネを攻め立てる彼の動きは速度が増し、あがる水音もますます淫らなものになる。

「……いぁ、あ……あ、あ……っあ、ああっ！」

うまく呼吸ができない。自分の体が、奥深いところに堕ちていってしまいそう。そんなすべては喘ぎ声となってエイレーネの口から洩れて——再び、あの。

「だ……、め……ぇ、……っ……」

激しい音を立てて、接合が深くなる。目の前が、白くちかっと光った。同時にどこかに沈んでしまう感覚――そして体の最奥に放たれた、身を焼くような飛沫《ひまつ》。

「……や、ぁ……ぁ……、っ……！」

はっ、とルキニアスの吐息がこぼれる。苦しそうな――辛そうな。彼のため息に、激しい鼓動を刻む心臓がぎゅっと摑まれるように思った。

（な、ぜ……？）

視界が潰されてしまって、なにも見えない。誰よりも近くにあるはずのルキニアスの顔も見えず、エイレーネの視界には、ただ強すぎる閃光《せんこう》だけがあって――。

（なぜ、……なの？　ルキニアスさま……？）

意識の最後に残ったのは、この身を激しく追い立てる男の顔――その表情。快楽に溺れ乱れるエイレーネを嗤笑《ししょう》しながら、拭えない一閃の悲しみ、苦しみ。

「……、……あ、あ……っ……」

体が、深く遠く、どこまでもどこまでも堕ちていく。心臓が、大きく強く、痛いほどに脈打った。

第二章　堕落への甘い香り

自室の部屋から見えるルルディの園の花々は、日に日にその蕾を膨らませている。

エイレーネは窓際に寄せた椅子に座り、花の膨らみを見つめていた。萼《がく》が弾けんばかりに嵩張《かさば》った蕾は、ちょんちょんとつついてやれば今にもふわりと膨らみそうだ。花柄も葉も瑞々《みずみず》しく鮮やかな緑で、花びらが開けば美しくそれを彩ってくれるだろう。

さわり、と涼《すず》やかな風が吹く。エイレーネの、結いあげた中からこぼれた銀色の髪を揺らす。

「……っ！」

エイレーネは立ちあがった。足もとを包んでいるのは、村からやってくるときに履いていた踵《かかと》の低い靴だ。ハイヒールではろくに歩くこともできないので、ルキニアスの前に出るとき以外は、この靴を履くことを許してもらっていた。

ルキニアスの顔を、声を、その手の動きを思い出すと、体が震える。初めて彼の寝台に組み伏せられてから、エイレーネは何度もルキニアスに抱かれた。そのたびに味わうのは、快感――ルキニアスの言うとおり、エイレーネはどこまでも淫らな娘だったのか。

しかし、この館に足を踏み入れたときから覚悟していたこと――食われるのか、殺されるのか。どちらも、エイレーネの身には起こっていない。エイレーネは、花嫁として不充分だったのだろうか。だからルキニアスはエイレーネを殺さないのだろうか。となれば、ほかの少女が新しい花嫁に――？

そこまで考えて、エイレーネはきりりと痛んだ胸を押さえた。ルキニアスが偏執的に手をすべらせ、摑み、唇を、歯を立てる左胸が痛い。それはこの不安ゆえなのか。

エイレーネは唇を嚙んで胸の痛みをやり過ごすと、部屋を出た。

エイレーネは、メイドに教えてもらった石畳を辿って庭園に足を向ける。

「わ、ぁ……」

蕾ばかりのルルディの園は、しかしすでに濃いルルディの香りがした。いつも体に擦り込まれるルルディの香油を大量にまき散らしたのかと思うくらいだ。

「……素敵」

まだ開いていない花がほとんどだけれど、いくつかは慎《つつ》ましやかに花びらを広げている。赤、薄赤、橙、白に珊瑚色《さんごいろ》、さまざまな色に彩られた庭は窓から見下ろしているよりもずっと鮮やかに目に映って、その漂わせる芳香も相まってエイレーネを楽しませてくれる。

（ひとりで見ているなんて、もったいないわ）

石畳を歩きながら、エイレーネは思った。

（一緒に見て歩くことのできる相手が、いたらいいのに）

酒場での労働の日々では、友達ができるどころではなかった。酒場の出入りの商店の者たちと話すことはあったがそれくらいで、店が終われば寝台に潜り込むのが精いっぱい。親しく話をする相手など、いなかった。

（……仮にいたとしても、この……お館に一緒に来られるわけなんて、なかったもの）

暖かい陽が差すルルディの園を、ゆっくりと歩く。風にドレスの裾が揺れる、髪が揺れる。それにたまらない心地よさを覚えながら、エイレーネはふと目の端《はし》に雲雀《ひばり》を見る。

翼《つばさ》を広げて舞いあがるそれにつられて視線をあげると、厚くカーテンのかかった窓が目に入った。錬鉄の格子《こうし》は、優美な曲線を描いてその堅く閉まった窓を飾っている。

（ルキニアスさま……）

その窓がルキニアスの部屋のものなのかどうか、エイレーネは知らない。エイレーネはまだ、それほどこの館に詳しくない。

彼の顔を、エイレーネは夜にしか見たことがない。しかも銀色の燭台に飾られた蠟燭の薄明かりのもとで、彼の揺らめくような美貌《びぼう》を見るだけ。はっきりと顔も知らないと言って、間違いではない。

その一方で、ルキニアスはエイレーネのすべてを知っているのだ——乱れた姿や、喘ぐ表情、眠る顔まで。同時に彼に組み敷かれ、啼《な》き喘ぐあられもない姿を見つめられることが夜のことが頭をよぎって、かっと頬が熱くなった。

それを誤魔化《ごまか》すように、エイレーネは早足でルルディの園を歩く。

「あ」

視線の先に、赤いルルディがあった。それはほかの花を押しのけるように一歩先に咲き誇り、血のように赤い花びらを開いている。

「きれい……」

エイレーネは思わず、手を伸ばした。鋭い棘《とげ》を避けて茎《くき》に指をかける。茎は強く固くて、折り取れそうにはなかった。

「やめておけ」

いきなり声がかかって、驚いた。振り返ると、ルルディの園の入り口のアーチに、人影がある。

「……ルキニアスさま」

エイレーネは、思わずまじまじとルキニアスを見た。炎のような赤い髪、白い顔。

細められた黒い瞳に、美しく通った鼻梁。薄赤い唇は、微かに湿っているように見える。

　ルキニアスを、陽のもとで見るのは初めてなのだ。ルキニアスにとっては初めて見た人物だと言ってもよかった。その美――きらめく光の中にあって圧倒的な美しさはエイレーネをとらえ、エイレーネはまばたきも忘れてルキニアスに見入った。

　そんなエイレーネを、ルキニアスはすがめた目で見やっていた。その瞳は、ルルディに伸ばされたエイレーネの指先にある。

「その棘で怪我《けが》をすると、よからぬものが体に入り込む」

　思わぬ言葉に、エイレーネは身を反らせる。

「人の体では、それに耐えられないぞ」

「え、っ……？」

　エイレーネはとっさに、手を引っ込めた。その拍子に開いた花に触れてしまい、赤い花びらが、まるで血がしたたり落ちるかのように一枚舞い落ちた。

　それに驚いて目を見開いたものの、石畳に落ちたものが花びらだと気づいてほっとする。エイレーネは顔をあげて、ルキニアスを見た。燃える炎のような髪。黒一色の装い。襟の白い飾りだけが太陽の日を反射して、絹の艶と金色の縁取りを輝かせている。

金色のものは、ほかにもあった。ルキニアスの瞳だ。黒いはずのそれは、ちりばめられた宝石のような、不思議な輝きを放っている。瞳は確かに黒なのに、そのきらめきのせいで見る角度によっては目は金色に見える。

エイレーネは、それに見とれた。さわ、と風が吹き、こぼれた髪が頬を叩いて、それにはっと我に返る。

「あ、の……」

ルキニアスに見とれていた恥ずかしさを隠すために、口早にエイレーネは言った。

「なんですか……？　よからぬものって」

エイレーネの問いに、ルキニアスは目を細める。彼の淡い笑みは、つきりとした痛みとなってエイレーネの胸に刺さった。

「ルキニアスさま……？」

「そのルルディは、私の血で芽吹いた」

彼は、指を差す。先ほどまでエイレーネが触れていたルルディだ。

「私の血を吸って咲いた花なのだから、人間には有毒だ」

「血を……？」

エイレーネは、固唾を呑んだ。ルキニアスが悪魔だということは知っている。しかしその理解は、頭でだけのものだった。ルキニアスは、悪魔。そしてこれは、その血を養分に咲いた――悪魔の花。

「どう……なるのですか？」

エイレーネは、花を見る。そう言われてみると、その赤は毒々しく紅《あか》い。花びらから、養分にしたというルキニアスの血がしたたりそうだ。重なった花びらの描く曲線、立ちのぼる芳香も、そう耳にすると禍々しいものを感じてしまう。

「そのようなことを、尋ねるのか？」

ルキニアスは、少し驚いたようだった。目を見開く。瞳の金が、光る。そのまばゆいような美しさ――同時に獰猛《どうもう》な肉食獣を前にしたような感覚が背を這いのぼった。

それは恐怖なのか――それとも、悦楽。彼の視線に晒されていることで生まれる感情をなんと名づけていいものか、エイレーネは迷った。このように明るい陽の下で彼を見ることは、初めてだったから。

「訊《き》いてどうする。私が真の悪魔か、試してみるつもりか？」

「そういう……わけ、では」

問われて、エイレーネは戸惑った。なぜ、自分はそのような問いをしてしまったのか。それはわからなかった。なぜか質問は口から溢れ出し、その動揺にエイレーネは困惑した。

「……ルキニアスさま」

どく、どく、と跳ねる胸に手を置く。心臓は、その鼓動がはっきりと聞き取れるくらいに激しく動いている。それを押さえつけるようにして、エイレーネは口を開いた。

「本当、なのですか……？」

ルキニアスは、ぴくりと眉を動かした。そうやって顔を歪《ゆが》めても、彼はやはり美しかった。眉目《びもく》涼しくエイレーネを見つめる顔よりも、そうやって感情を表しているほうが、より美麗に絵になった。

「なにがだ」

鋭い声で、ルキニアスは尋ねてくる。エイレーネはぴくりと身を跳ねさせた。心臓が鳴る。それを押さえ込みながら、エイレーネは声が震えないように努めた。

「ルキニアスさま、が……悪魔で、いらっしゃるというのは」

その問いは、この明るい陽の下で口にしてみるとさもばかばかしいことに聞こえた。子供でもあるまいし、悪魔だなんて――同時に、あたりに響き渡る笑い声があがった。

「ふふっ……、は、はは……、っ……」

笑っているのは、ルキニアスだ。彼は、いつもは冷静な表情を崩して笑声《しょうせい》を立てている。さもおかしげに、エイレーネの言ったことが面白くてたまらないというように――しかしそのさまを見つめるエイレーネの鼓動を刻む胸に宿ったのは、まったく逆の感情だった。

（どうして……）

ルキニアスの笑いは、ちっとも楽しそうに聞こえなかったのだ。その笑い声は、嘲《あざけ》り——自らへの。まるで自分自身を嘲笑しているかのようだったからだ。

（なぜ、そんなふうに……お笑いになるの……？）

笑い声がやむ。エイレーネは、はっとして胸の上の手を握《にぎ》りしめた。ルキニアスの、金色に輝く黒い目がエイレーネを見ている。その瞳からしたたるのは、やはり自嘲にしか見えなかった。

きゅうう、と胸が疼いたのは、見つめてくる彼の瞳が、先ほどまでの肉食獣のようなものとは裏腹だったからだ。なぜこれほどに——せつないのか。自分の心臓を貫く疼痛《とうつう》が嗟嘆《さたん》であると気がついて、エイレーネは戸惑った。

（どうして……こんな？）

そのような思いが脳裏《のうり》をよぎるのと同時に、ルキニアスは表情をいつものものへ戻す。蠟燭の薄明かりに浮かぶ、考えの読めない薄笑み。それさえも自嘲を思わせるのは、先ほどの彼の顔つきを見てしまったからだろうか。

「私が真実、悪魔であるかどうか」

ルキニアスは、ゆっくりと石床を踏んだ。

「おまえ自身が、確かめてみるといい」

「え、っ……？」

暖かい風が吹く。ルキニアスの襟飾りが、フラックの裾が揺れる。金のきらめきを持つ黒い瞳が、近づいてくる。

「ルキニアス、さ……」

彼はあっという間に、エイレーネとの距離を詰めた。あたりに漂うものよりも、さらに濃いルルディの香りが鼻腔をとらえる。はっと息を呑む間もなくエイレーネの顎が摑まれて、ぐいと上を向かされる。

「……あ、っ……」

唇が触れ合う。重ねるだけのキス。しかしそれはすぐに濡れた場所が触れるものとなり、エイレーネの全身にはびくりと雷のような刺激が走った。

「……、っ、……」

エイレーネの唇を、濡れたものがなぞる。それは柔らかく温かく、敏感な神経を粟立たせた。それを追い立てるように、なだめるように、ルキニアスの舌はゆっくりと這った。

「ん、……ぁ……っ……」

紅《べに》を塗るように辿られる。唇を舐められるだけでエイレーネの肌は反応し、奥深いところが濡れていく。それほどにこの身は彼に慣らされていて、やがて溶けた唇がゆっくりと開いた。

「……や、ぁ……っ」

ちゅくり、と舌が入ってくる。それはエイレーネの歯列を舐めて、同時にぞくぞくっと刺激が走った。懸命に反応を抑えたつもりだったけれど、腰に手をまわしてきたルキニアスには隠し通すことはできないだろう。

ひとつひとつの歯の形を確かめるように、ルキニアスの舌が動く。舌は奥にまで進んできて、敏感な神経が彼の味蕾《みらい》のざらつきをとらえた。頬の裏は少し舐めあげられるだけで反応し、さらには歯茎に擦れてエイレーネは掠れた声を洩らした。

「あ……っ、ん……」

腰にまわった手が、エイレーネの双丘に触れた。ドレス越しに撫でてあげられただけなのに、びくりと反応してしまう。同時に彼はそっとエイレーネの舌を咬んで、するとまるで雷のような衝撃が伝い来た。ルキニアスの腕の中で、エイレーネは体をわななかせる。

「まだ、なにもしてやっていないのに」

エイレーネを抱いたまま、ルキニアスは静かに笑った。

「それほどに反応して、どうする。この先、耐えきれないだろうが」

「は……、い……」

彼の言葉に、エイレーネはまた震えてしまう。この先――ここは、ルルディの園だ。このような場所で、秘めやかであるはずの夜の営みを行おうというのか。夜どころか、太陽は眩しく輝いていて、寄り添い合ったふたりの影が石畳の上にくっきりと刻み込まれているというのに。

「あぅ……、ん、っ……」

ルキニアスの熱い舌が、口腔をなぞる。歯を、歯茎を、内壁を、敏感な部分をすべて。ちゅくんと音を立てて舌を抜き出されたのを惜《お》しいと思ったけれど、舌はまたすぐに挿り込んでくる。今度は大胆《だいたん》にエイレーネの口の中をかきまわし、その荒々しい動きに呼気が奪われて意識が霞《かす》んできた。

「……ふ、ぁ……、っ……」

反射的にエイレーネは手を伸ばし、ルキニアスの肩にしがみつく。がっしりとした体に抱き寄せられる。それに心臓は大きく跳ねて、重なり合った彼の体にもそれは伝わったはずだ。

「やぁ……、っ……」

肌のざわめきも舌のわななきも、そして胸の鼓動も彼に知られている。そう思うと顔がどうしようもなく熱くなって、しかし意識はすぐにその巧《たく》みな舌の動きに奪われてしまう。

ぐちゅぐちゅと口内を乱されて、溢れる唾液を啜《すす》りあげられる。唇を咬まれ、歯の痕に舌を這わされる。つきんと走った痛みはざらりと舐める舌にすぐ癒やされて、それにぞくぞくと伝わる快感が耐えがたい。

がくがくと、膝が震えてくる。懸命に立っていようとするものの、口もとを嬲られる感覚に体はわななき神経は反応し、自分の体を制御することもできない。

「ルキニアス、さ、ま……、ぁ……っ……」

掠れた声で、エイレーネは叫ぶ。しかしその声は、小鳥がさえずるほどの大きさもなかっただろう。咽喉すらもエイレーネの思うようにはならず、ルキニアスの腕の中でエイレーネはただ身じろぎするしかない。

「堪《こら》え性《しょう》のない」

嘲るように、ルキニアスは言った。そのもの言いにはっとしたけれど、羞恥を感じる前に唇が離れ、体は抱きあげられる。

「や、ぁ……、っ……」

足が地を離れたことに、わななきが走る。しかしすぐに、柔らかいものの上に寝かされた。まわりはルルディの園だったのに、痛みもなにもない——見あげる上には、青い空。照る太陽。駆けていく雲雀。

「あ……、あ、……っ……」

しかしエイレーネの視界は、すぐに塗り潰されてしまう。燃えるような赤い髪、白《はく》皙《せき》の美貌――金色の星々を宿した黒い瞳が、じっと見つめ下ろしてくる。

「……っ、キニア、ス、さ……」

途切れ途切れに言葉を綴る唇は、再び塞《ふさ》がれた。熱く柔らかい唇を押しつけられて、その甘さに酔う。彼の手がすべって、胸に触れてくる――高鳴る鼓動を刻み、痛いほどのそこに。

「は……、ぁ……っ……」

ドレス越しに、ぎゅっと胸を掴まれる。拍子に心臓が、確かに痛みを感じる強さで脈打つ。

それを楽しむように、ルキニアスの手は動いた。布の下に隠された乳首は気づかないうちに勃っていて、彼の大きな手が押し潰してくる。

ぎゅっと力を込めて揉まれ、ひくりと腰が跳ねた。それを押さえつけるようにルキニアスが乗りあげてくる。体を押さえ込まれると快感を逃がすことも叶《かな》わずに、彼の下でただ小刻みに震えることしかできない。

「……っあ、あ……、っ……！」

くちづけされた口から、喘ぎが洩れる。さらなる声を誘い出そうというように、乳房を捏ねられた。なめらかなはずの絹でさえ、ちくちくと敏感になった肌に刺さる。

その痛みもまた愉悦を誘い出し、エイレーネは咽喉を反らせてあえかな声を洩らした。

「っあ……ああ、あ……っ……」

柔らかな部分に、形が変わるほどの力を込められる。中心をとおる快楽の芯を揉みしだかれ、震える唇を吸いあげられる。ルキニアスの手は片方は胸の上に、もうひとつがドレスをなぞって下肢に。布の上から秘所を探られ、跳ねた体は男の体の重みに押さえ込まれる。

「や……、だ、……、ぁ……」

「なにを」

ふっと、熱くルルディの香りのする吐息が唇を包んだ。エイレーネは目を見開き、すると目尻《めじり》から涙がこぼれ落ちた。

「……どうした、これからなのに」

嘲笑する声。身動きさえ許されず、ただ淡い快楽ばかりを与えられている体がびくりと震える。エイレーネを嘲った口が目もとを這って、涙を吸い取った。

「このくらいで音《ね》をあげていてどうする。私の花嫁としての、務めを果たせ」

「あ……、っ……」

務め、という言葉が胸に刺さったのはなぜだろう。どくどくと跳ねる鼓動は確かな痛みを伴い、エイレーネは眉根を寄せた。ルキニアスは、そこにも唇を落とす。

「愛《いと》しい、花嫁」

彼の息は熱いのに、声は冷たかった。その温度差にエイレーネは震える。押さえつけられた胸がわななないたのに、ルキニアスは気がついたはずだ。

「黒く染まりゆく……淫らな魂を持った者」

「……あ、……っ……！」

ルキニアスの大きな手が、エイレーネの脚を撫でる。彼の手はぐいとスカートを握り、一気に上まで引きあげた。

「やぁ……、っ……」

剝き出しになった脚が、吹き抜ける風に晒される。きつく閉じた両膝の間に、ルキニアスの脚が入り込む。無理やりに脚を拡げさせられ、すると脚の谷間にすべる風を冷たく感じた。身を捩ろうとしても、ルキニアスの力がエイレーネに自由を許さない。

指が入り込んでくる。くちゅり、とあがった音はなんなのか――同時にエイレーネは、悲鳴をあげる。

「すっかり濡らして」

唇を重ねたまま、ルキニアスは笑った。笑い声が響くのと、濡れた秘所をいじられるのは同時だった。

「くちづけだけで、これほどに濡らしたというのか……？　どこまでも、淫らな女だ」

「や、ぁ……、っ……」

自分の体の反応を否定する言葉は、強く塞がれる。息さえ押しとどめられて、熱いものが迫りあがってくる。それは呼気を許されないがゆえの苦しさのようにも思えたし、体の奥に灯った炎が勢いをあげたせいのようにも思えた。

白くなめらかな――しかしやはり、男の手だ。花びらに触れ、形をなぞる指には抗《あらが》えない圧倒的な力があって、エイレーネはルキニアスの手に翻弄されるがまま声を洩らす。

花びらの縁を、何度もこすられる。そのもどかしさに下肢を揺らめかせると、ふっと呼気が濡れた唇にかかる。びくんと震えた拍子に辿る指が突き込まれ、秘所を抉られる。花びらの根もとを擦られて、するとどくりと愛液が溢れる。

「あ、あ……ああ、っ！」

自分でも驚くほどの、艶めいた声が洩れた。嬌声を舐め取るようにルキニアスの舌が這って、もう何度目になるのかわからないくちづけをされる。

「んぁ……、っ、……ん、んっ！」

じゅくじゅくと、蜜園がかきまわされる。彼の指は濡れた柔らかい花びらをつまんで、その刺激がびりびりと全身に伝い来た。

「ひ……ぁ、ああ、あ……っ……！」

エイレーネは、大きく背を反らせた。激流が走る――強ばる体とは裏腹に口もとは緩み、端からしずくがこぼれ落ちる。

「……っう、あ……ああ……ん、っ……」

「感じやすいな……」

肌を舐める吐息とともに、ルキニアスがささやく。

「今に始まったことではないが……こうも敏感だというのは、考えものだな」

「な、にが……?」

うわずった声で、エイレーネはつぶやいた。ルキニアスの笑いが、唇を這う。

「壊されたいか? 私の手の中で……まるで、陶器《とうき》の壺《つぼ》のように」

エイレーネは目を見開いた。ルキニアスは、彼がそのつもりなのならやることだろう。割れて崩れて――そう、エイレーネは殺され食われるために、この館にやってきたのだから。

「壊して……おまえの魂の器《うつわ》が、割れて。流れ出すとき、魂はどんな色をしているのか」

彼が謎《なぞ》めいたことを言うのは、変わらない。瞠目したエイレーネの目もとからしずくが流れ、彼はまたそれを吸い取った。

「それを、見せてくれるのだろう……?」

「ひぅ……、ぅ……、っ……」

言いざま、彼は指をうごめかせる。ぐちゅ、ぐちゅと音を立てて花びらを乱し、つまんで指先で潰す。そうされるごとにエイレーネの意識は白く塗り潰されていき、はっと大きく息を吸ったとき、その白に大きなひびが入った。

「……ぃあ、……ああ、ああ……っ、あ！」

彼の指が、すでに腫れあがった芽を挟んだのだ。触れられずとも感じることを覚えさせられたそこは、凄まじい快楽を生み出し――エイレーネは悲鳴にならない悲鳴をあげて、全身を大きく震わせた。

「っ……あ、あ……っ……」

全身を貫く快感は、エイレーネに恐怖を覚えさせた。この感覚は、なに――ルキニアスはエイレーネをどこに連れていこうとしているのか。つま先までを震わせる感覚はおののき、快楽に溺れ、何度も全身を震わせた。

「なんだ、達《い》ったのか？」

そう、なのかもしれない。しかしエイレーネの感覚は混乱していて、唇に触れる声にさえも震えた。全身を走った衝撃は去りゆかず、わだかまったもどかしさとなって体中を這っている。

「ふふっ……」

その笑い声さえも、体に響く。やめて、と言おうとしたけれど、歯の根が合わない。暖かい風に包まれていながら、エイレーネは寒さに耐えるように震えていた。それは快楽ゆえのわななきなのか、あまりの愉悦を恐れての痙攣なのか。

「このまま堕とすのが、惜しいな」

ルキニアスは、金のきらめきを持つ黒い瞳を細めて言った。

「いや……だからこそ、価値があるのか……？」

「ルキ、ニアス、さ、……ま？」

謎を孕む言葉。その解明は与えられない。未知のなにかにエイレーネは震える。答えの代わりにルキニアスが与えたのは、二本まとめた指——それはずくりと蜜園を裂き、エイレーネの体を貫いた。

「や、ぁ……っ……、……！」

そうやって突き込まれて、自分が飢《う》えていたことを知った。そこは熱く疼いていて、内壁は悦んで絡みつく。身の奥が蠕動《ぜんどう》し、もっと刺激を求めてわなないている。

「は、っ、……っああ、……ああ、あ……」

それでいて、満たされた悦び——深い部分を埋められて、体は歓喜している。疼き栗立ち、彼の指を包み込む。それはどうしようもなくエイレーネを喜ばせ、そんな自分の体の反応にエイレーネは戸惑うばかりだ。

「指だけで、これほどに悦ぶのか」

エイレーネの媚壁の動きを直接感じ取っている男は、そう言った。彼の指が少し動くだけでエイレーネは大きく身を震わせ、いつまでも慣れない快感に震えるばかりだ。

「私自身を与えれば、どうなるのか……しかし、そうそうすぐに褒美《ほうび》を与えるわけにはいかないな」

「やっ、……、っ……」

いや、と体を捻《ひね》ろうとした。しかし拡げた両脚を押さえる力は圧倒的だ。逆らえない恐怖が背を走り——それが、新たな快楽となる。

「ひぁ、あ……あ、ああ、……あ！」

ぐちゃ、ぐちゃと内壁をかき乱される——引き伸ばし、押し拡げられる。蜜がそのたびに湧きあがり、双丘を伝って垂れ落ちる——それにすら感じて、エイレーネは何度も体を跳ねさせた。

「や、……だ、め……、っ、……ぁあ、あ！」

「なにが、だめだ」

ルキニアスの舌が、エイレーネの唇を舐めた。指の動きと呼応するように濡れた感覚が這い、背筋が震える。それでも押さえ込まれていることで身動きはできず、ただ彼に組み敷かれて喘いだ。

「これほどに、感じて……いやなどと、笑わせる」

「……っあ、あ……や、ぁ……っ……！」

嘲笑うルキニアスの声が、恐ろしかった。それはエイレーネにどうしようもない快感を呼び起こすからこそ、恐怖となってエイレーネの背を貫く。

「いぁ……、っ、……！」

挿り込む指が、三本に増えた。それぞれはてんでにうごめいて、敏感な襞《ひだ》を刺激する。突かれ、軽く爪を立てられて。痛いほどの刺激に、しかし体は悦楽の反応を見せるばかりだ。自分でも戸惑うほどの溶け崩れた声と、男の腕でわななく肢体。彼は呼気ひとつ乱していないのに、エイレーネは自我も忘れるほどに喘がされている。

「堕ちろ」

ぐい、と奥を突き立てながら、彼が言う。

「……堕落しろ」

「や、っ……、っあ、あ……あああっ！」

しかし指だけでは、最奥にまで届かない。奥の入り口だけを探り、焦《じ》らすようにかきまわされて。もどかしさと焦燥《しょうそう》にさいなまれて、それさえもが快楽になる――男の指が深い部分への口を引っかき、それに貫く情動が走った。

「いぁ……、ああ、ああ……っ……」

脳天までを走り抜けた衝撃を、全身で受け止める。これも、また違う種類の絶頂なのだろうか――尋ねることもできないまま、エイレーネは声をあげる。

「っ、も、……っ、……」

エイレーネの声は、涙混じりだった。今にも泣き出す子供のような、それでいて子供が出すことはない淫らに甘えた声で、エイレーネはつぶやく。

「ルキニアス、さま、……を、……っ」

ふっと、彼が笑ったのがわかった。しかし同時に指が引き抜かれ、刺激を失った秘所がひくひくとわななないた。エイレーネは、ひっと咽喉を鳴らす。

「私が、どうした」

意地の悪い声が、エイレーネを促す。くちづけもほどかれて、濡れた敏感な皮膚《ひふ》の上を柔らかな風が撫でた。それにすら感じて震える体を、彼は押さえつけてくる。

「エイレーネ」

甘く――残酷《ざんこく》な声。ひくりと唇が震えた。涙に濡れた目を見開くと、金色の星が彩る黒い瞳が目の前にある。それは淫猥に潤んで、エイレーネは瞠目した。

「どうした。私に、なにを求めている？」

「……ルキ、ニアス……さま、を……」

うまく言葉を綴ることのできない唇で、エイレーネは懸命にささやいた。体中に羞恥が走り、どうしようもないわななきにとらえられながら、短い呼気を繰り返しながら声を綴ろうとする。

「わ、たし……に……」

「おまえの？」

彼の指が、濡れそぼった花びらを撫でる。ひくんと蜜園が反応する。そこが求めているものを知りながら、ルキニアスは焦らしてきた。

（ひどい……、ルキニアス、さ、ま……。こ、んな……ぁ……）

その残酷さを恨《うら》みながら、それでも口にしなくては得られないのだ。這いのぼる恥ずかしさと戦いながら、エイレーネは必死に唇を動かす。

「こ、こ……、に……」

エイレーネは、ドレスの胸もとに手を置いた。そこからゆっくりと、ゆっくりと、震える指先で体を辿っていく。

「……ルキニアスさ、ま、を……」

スカート部分に手がすべったとき、触れた冷ややかなもの――ルキニアスの手。反射的にエイレーネはそれを握り、しかし返ってくる力はなかった。

（ルキニアスさま……、っ……）

胸を走り抜けたのはなんだったのか――うつろに響く、心臓の音。それが虚《むな》しく、しかし激しく打つのを聞きながら、それ以上を考える余裕はエイレーネにはなかった。

「……、っ……、れ、て……、くだ、っさ……」

唇の上を、吐息がすべる。それがふっと、笑ったのを感じた。

「なんだ……？　もっと、はっきりと言え」

「あ、……ね……が、っ……！」

エイレーネは、啼き声をあげた。唇を開くと、端から蜜がこぼれ出る。それを、ルキニアスの舌が舐め取った。ぴちゅ、と小さくあがった音は下肢からあがる濡れた音に比べれば小さなものだったのに、やたらに淫らに耳に響いたのはなぜだったのだろうか。

「ルキニアス、さ、ま……ぁ……！」

もどかしさに、下肢を揺らめかす。ルキニアスがのしかかる体の角度を変えて、すると腿《もも》に押し当てられたもの——その熱さにエイレーネは、はっとした。

「ああ……、っ……」

「エイレーネ」

再び、呼びかけてくる声。エイレーネが息を呑んだ理由に気づいたのだろう、彼はことさらにぐりぐりと、敏感になった肌に熱を擦りつけた。

「はっきりと、言え。聞こえない……」

「や、ぁ……、っ……」

ぶるり、とエイレーネはもどかしさに身を震わせた。このままでは、いつになっても欲しいものは与えられない——エイレーネは手を伸ばす。そして彼のまとったキュロット越し、滾《たぎ》るような熱を孕むものに触れた。

「ああ……、っ……」

手のひら越しに伝わってくる鼓動。それは冷ややかにエイレーネを追いあげ触れてくる手の温度の低さとは、裏腹だ。自分を狂わせてくれるものの存在にエイレーネは縋《すが》り、ねだるように手を使って擦りあげた。

「私をその気にさせるか……？　それも、いいだろう」

ルキニアスの呼気が乱れたのは、気のせいだっただろうか——エイレーネはおぼつかない手を使って彼の形をなぞり、自分の手のひらでそれがどくりと息づくのを知る。

「は、ぁ……、っ、あ……」

触れられるものなく虚しく喘ぐ秘所は、彼の熱を感じるだけでぽたぽたと蜜をこぼす。エイレーネの手業などつたないものだろうに、ルキニアスはじっと、彼女が手を動かすままに身を任せている。

「ルキニアスさま、ルキニアス……、さぁ……」

彼が、エイレーネの手の中で鼓動とともに大きくなる。いつもエイレーネをさいなんでやまない怒張が、布一枚の下に隠れている――そのことがエイレーネの体に燃えあがる炎を大きくした。エイレーネは憑《つ》かれたように手を動かし、すると欲望は応えるようにわなないた。

「……っ、……」

ルキニアスが、微かな声を洩らす。それは吹き抜ける風に攫《さら》われてしまうかのようにはかないものだったのに、エイレーネの脳裏に淫らに響いた。エイレーネの吐く呼気の熱があがる。エイレーネの目の縁から、涙が一滴《いってき》こぼれ落ちた。

「お願い、です……、ルキニアスさ、ま……」

彼の形をなぞりながら、エイレーネはことさらに声をあげる。

「わたしに、……くだ、さい……っ……」

それは、驚くほどにはっきりとした言葉だった。エイレーネは、はっと目を見開く。ルキニアスの金色をちりばめた黒い瞳が細められた。

「……いいだろう」

彼は体を起こした。その手が素早くキュロットの前をくつろげる。エイレーネの膝の裏に手をかけるとぐいと押しあげ、すると濡れた場所がくちゅりと音を立てた。

「あ、あ……っ、……っ……」

蜜園が、くわえるものをほしがってぱくぱくとうごめく――求めるものは、すぐに与えられた。濡れそぼる花びらを押しわける熱――濡れた先端。それが秘所に淫らなくちづけをするぺちゃという音が、はっきりと耳に届く。

着衣のままスカートだけを引きあげられ、脚を開いて蜜をこぼす箇所を晒して――男を受け挿《い》れること。その淫猥さに、くらくらと眩暈《めまい》がした。頭上には青空、吹き抜ける風――舞う小鳥。そのようなものが目に入るから、よけいだ。

「は、……ぁ、……っ、あ……！」

ぐちゅ、と熱杭が挿ってくる。焦らされた入り口はそれにきゅううと絡みついた。ルキニアスが熱い呼気をこぼし、それがエイレーネの唇を撫でさする。

「ああ……あ、あ……っ！」

その熱に煽《あお》られて――そして挿り込んでくる男の熱の質量に耐えかねて、エイレーネは大きな声を洩らした。それがあたりに響き渡ったような気がして思わず口をつぐんだけれど、唇はすぐに新たな嬌声に破られる。

「やぁ、あ……ああ、あ、ああんっ！」

ずく、ずくと熱すぎるものが挿ってくる――蜜園を荒らす。華奢な茎を手折《たお》るよりも易々と秘めた泉をかき乱しながら、ルキニアスのこぼす呼気も荒い。

「っ……、は……、……」

「い、……ぁ、あ……ああ、……っんぁ、あ！」

媚壁が反応して、彼に絡みつく。体の奥深い場所のそんな反応に自らも煽られながら、エイレーネの手は自然に縋るものを求めてルキニアスの肩にかかった。

「ああ……あ、あっ……ぁ……っ……」

同時に腰が跳ねあがって、その反応はまるでその先を促しているかのようだ。そんな自分に羞恥が走るけれど、ルキニアスはエイレーネを、そのような感情に溺れることを許してくれない。

「……っあ、ああ、……あんっ、っ、あ、ああ！」

彼を、中ほどまで受け止めた——大きすぎるそれは口を開くことを覚えさせられたばかりの秘所を容赦なくこじ開け、しかしぐちゅぐちゅとかきまわされる感覚は体中を駆け巡る快楽となる——それが体の奥にまで沁《し》み入る快楽だということを、認めないわけにはいかなかった。

「やぁ……ああ、あ……ぅん、っ、……あっ、！」

秘所は、強く彼に絡みつく。ルキニアスは低くうめき声を洩らし、それは彼が明らかに感じていること、エイレーネの体に満足していることを示してくれる。

「……キ、ニア……ス、さ……ぁ……」

彼の肩にかかった手は、もっと深くを求めて彼の背にすべる。逞《たくま》しい体はエイレーネの細い腕には重すぎたけれど、同時に自分を犯す男の熱さを全身で感じ取ることがどうしようもない愉悦になった。

「ああ……っ、あ……あ……、ああ、あ！」

ずくん、とさらに奥が突かれる。媚肉が擦りあげられ、エイレーネはひくりと反応する。絡みつく肉を楽しむように何度も同じ部分を擦られた。ずく、ずくとあがる水音と、流れ落ちていく蜜液。ふたりが絡まる部分は火傷《やけど》しそうな熱を持って燃えあがり、エイレーネをますます夢中にさせていく。

「ひ……ぃ、あ……ああ、あ……んっ……」

体の奥に、彼の滲《にじ》ませる欲液が沁み込んでいくのが感じられるような気がする。彼の熱が流れ込んでくるような気がする。エイレーネはルキニアスを抱き寄せて、すると胸が重なった。しかしそれぞれが着衣のままでは熱を直接感じられず、もどかしさにエイレーネは呻きを洩らす。

「や……ぁ、ルキニ、アス……さま、……っ……」

「わがままを、言うな」

エイレーネの脇に突いた手が、腰をすべる。腿の裏を軽く叩かれて、それが伝わる衝撃となってエイレーネは大きく目を見開いた。

「っ……や、……ぁ……」

ぱしっ、と肌を叩かれて感じる愉悦。それは痛いはずなのに、じわりじわりと伝い

のぼってはエイレーネの快楽の源を揺るがす。痛みに刺激されたかのようにエイレーネの肌は熱を帯びて、焦れったい感覚が這いのぼっていく。

「なんだ、感じたのか」

繋がった部分を揺らされた。ぴちゅぴちゅと愛液がこぼれる。それが自らが溢れさせたものだということを、ルキニアスのささやきが伝えてきた。

「叩かれて感じるのか？　どうしようもない……」

「やぁ……、っちが、……、っ……」

否定しようとしたのに、しかしルキニアスの手はまたエイレーネの肌を打つ。軽くぱしんと叩かれただけでエイレーネの体は敏感に反応し、痛みがじわじわと快感になっていく沁みとおるような感覚をエイレーネは味わっていた。

「ほら……、このように。叩かれて、感じるのだな……おまえは」

「いぁ、あ……ああ、あ……っ……！」

違う、と否定しようとしたのに。しかし秘所は悦んでわななき、くわえ込んだ彼をきゅうきゅうと締めあげる。

「どうだ？　犬のように……ねだってみろ」

彼は腰を突きあげた。ずくん、と彼の先端が最奥を、もっとも感じる部分の口を擦り、エイレーネは声をあげて身を反らす。そんな彼女を追い立てるように、彼は何度もそこを突き立てた。

「啼け……わめけ。認めろ……堕落にふさわしい、穢れた女だと」

「っあ……ああ、あ……んっ、ああ、あ！」

深くを突かれて、エイレーネの下肢が跳ねあがる。白い脚はぴんと反り、ねだるようにルキニアスの腰に絡んだ。

自分の下肢に、彼を促すような力が籠もったことに気がつかないわけにはいかない――しかし制御はできなかった。さらに奥に彼を誘い込もうと脚が踊る――熱い呼気が咽喉を焼いた。しかし求める言葉は形にならず、ただ熱っぽい息となってルキニアスの唇を濡らすばかりだ。

「ん、や……ぁ……ああ、……っう、ん、……っ……！」

エイレーネが精いっぱい力を込めたとしても、ルキニアスを促すような魅惑になったとは思えない。それでも懸命に、エイレーネは咽喉を震わせた。

「も、……、と、……く、っ……」

体の奥から、男を求める衝動が湧き起こる――エイレーネは、ぶるりとわななないた。秘所がきゅう、と締まる。ルキニアスが微かに声を洩らし、女の体の締めつけを振りきるように腰を大きく突きあげた。

「あ――、っ、……ぁ……、……」

彼が秘奥に突き立てた瞬間、エイレーネの脳裏に真っ白な光が走った。大きく目を見開く、息が止まる——その瞬間、すべてが見えなくなった。感じられるのは体の奥の高すぎる熱だけ——それに焼かれてしまう感覚。

ずくん、と最奥が反応した。それは突き込まれた男を強く引き絞り、ふたりの声が絡んで宙に消える。

「は……ぁ……、っ、……あ、あ……」

「おまえは……」

いきなり、額にかかった髪をかきあげられた。目を開くと、ルキニアスの手がエイレーネの銀色の髪に指を絡めているのが見えた——エイレーネの視界は涙に曇って、はっきりとは映らなかったけれど。

「……どうしようもない、女だ」

吐き捨てるように彼が言った言葉の意味は、わからなかった。ルキニアスは手をすべらせてエイレーネの腰を摑む。食い込んだ指の力は強くて——制御できないらしいその力が、エイレーネを追いあげる。

「ああ……、ルキニア……ス、さ……」

もう一度、エイレーネは大きく息を吐いた。同時にルキニアスもため息をつき、熱っぽい息が絡み合って空《くう》に消える——。

「やぁ……あ、ああ、あ……ああ、あ、っ！」

深くを突きあげられた。迫りあがる快楽にぞくぞくと身を震わせるエイレーネは、引き抜かれて擦られる感覚、再び蜜を絡ませた男が突き立ててくる衝撃にわななき、咽喉を反らせては喘ぎ、涙混じりの声をあげた。

「んや、ぁ……あ、ああ……っあ、あ……！」

じゅくり、ずく、と繋がった部分が音を立てる。熱杭が抜け出て味わう空疎、突き込まれて味わう充足。そして、また。エイレーネは今までに感じたことのないほどの愉悦の中で自我を失い呼吸も忘れ、ただただ与えられる感覚に溺れる。

「は、……っ、……」

低く吐き出された声は、どきりとするくらいに色めいていた。男が感じて洩らす呼気──それはあまりにも艶めいた刺激となって、エイレーネを追い立てた。

「ふぁ……あ、……っ、……、……ああ、ああ！」

認めないわけにはいかない。ルキニアスが堕落しろとささやく、淫らな女だと嘲笑する、エイレーネはそのものだった。エイレーネは快楽に堕ち、すでにその味の深いところまでを知っている──淫乱な女だ。その愉悦はルキニアスが与えてくれるものだからなのか、誰の前でもエイレーネは淫らに脚を開くのか──。

「ルキニアスさま、ルキ、ニアス……さ、まぁ……っ……」

今は、そのようなことを考えなくてもいい。エイレーネを抱くのは間違いなくルキニアスであり、彼がエイレーネの体に溺れて声を洩らしてくれるのは、確かなことなのだから。

「いぁ……、ああ……っ、あ……ああっ！」

最奥に突き立てられる——エイレーネの女が、ひどくかき乱される。もっとも感じる部分を続けざまに擦り立てられて、エイレーネは立て続けにみだりがわしい声をあげた。

（もっと……）

深い快楽の中で、エイレーネは思う。

（もっと、感じて……わたしで、感じて……！）

「ああ、あ……っあ、あ……ん、ぅ、……！」

エイレーネの体が、大きく跳ねる。くわえ込んだ欲芯を強く締めつけ、それでも体の奥はもっととねだって蜜液を垂らす。ぐち、ぐちゅとあがる音が激しくなり、ふたりの下肢がぶつかり合う濡れた音が立て続けに響く。

「やぁ……っあ、あ……ああ、あ……ああっ！」

「エイレーネ……」

名を呼ばれたような気がした。しかしその慕わしい声の主を確かめることもできず、エイレーネはただただ、声をあげる。

「ああ、……だ、ぁ……め……、っ……」

体の炎が、より大きく燃えあがった。体がひときわ熱くなる——挿り込んだ淫刀はエイレーネの感じて乱れる内壁を突き、擦りあげ、最奥を深く抉る。それ以上の深くはないと思ったのに、彼は今までに突かれたことのない部分を擦りあげてきて、エイレーネは呼吸をも失った。

「……っあ……ああ、あ……んぁ……っ……」

はっ、とルルディの香りのする熱い呼気が唇を濡らす。欲望が、大きくわなないた——同時に、焼けてしまいそうな飛沫が深い場所に放たれる——。

「っ……、ん、ぁ……ああ、……っ、ん……っ」

体の中が、焼き尽くされてしまったかと思った。それほど激しい衝撃の中、エイレーネは荒らげた呼気を続けざまに吐く。胸が痛い——心臓が、今までにない早鐘《はやがね》を打っている。今にもすべてを突き破って、飛び出してしまいそうだ。

「は、ぁ……、あ、……っ……」

大きな手が、震えるエイレーネの体をすべる——胸に触れる。衣越しにも確かに感じられるであろう心臓の鼓動を味わうように、彼の手はそこにとどまったままだ。

「ルキニアス、さ……ぁ……」

なおも焼かれる甘い苦痛の中、エイレーネは咽喉を震わせた。応える声はなく、それでもエイレーネはルキニアスを呼んだ。

声は嗄れた咽喉に絡んで、うまく形にならなかったのかもしれない。だからルキニアスの耳には届かなかったのかもしれない。それでもエイレーネは彼を呼び続けた。

その衝動の理由は、自分でもわからない。エイレーネを侮《あなど》り、金色の彩る黒い瞳で見つめ、優しい言葉ひとつかけてくることはないこの男――。

「……ルキ、ニアス……さ、ま……」

彼は、ずっとエイレーネの左胸に手を置いていた。衣を突き破りそうな激しさから、少しずつその鼓動を収め、それでもやはりことことと常ならぬ音を立て続ける心臓の音を確かめるように。

同時に、エイレーネを貫いたままの彼自身も力を漲《みなぎ》らせたままだった。深い部分は熱杭を呑み込んだまままたらたらと愛蜜を垂らし、下肢を伝って落ちていく。その感覚を新たな快感ととらえて、痺れるような快楽にふるりと身をわななかせながら。

エイレーネは、そっと目を閉じた。

□

はっ、と大きく息を吸う音がして、目が覚めた。

エイレーネは、何度もまばたきをする。いきなり突き落とされたかのように、自分がどこにいるのかわからない。幾度もぱちぱちと目をしばたたかせ、ここが自分のベッドだということに気がつく。

反射的に明るいほうを見やると、窓から見える屋外はまだ陽が落ちていない。エイレーネは、がばりと起きあがった。昼間からベッドの中にいるなんて——胸に手を置くと慣れない感覚があって、はっと視線を落とした。

「あ、……」

ここは、悪魔伯爵の城だ。まとっているのはたくさんレースの縫《ぬ》いつけられた重たい絹で、この部屋とともにエイレーネに与えられたものだ。

「わ……た、し……」

しかし朝、メイドに着つけられたドレスは違うものだった。この鮮やかな緑のドレスには見覚えがない。これほど華やかに胸もとを飾るレースが、印象に残っていないわけはない。

あ、と小さな声とともに、エイレーネは頬を熱くした。そう、エイレーネはルルディの園を散歩していたのだった。いまだ開かない、それでも濃い芳香を放つ花々に誘われていくごとに深い部分まで入り込み、そこでルキニアスに出会った。

彼の白く、しなやかな手。それでも男らしい力強さを持った両の手はエイレーネを組み敷き、ドレスを剝《は》いだ。陽の下で自分がどれだけ声をあげ、乱れたかを思い出すと頰の火照りが取れない。さらには、まとっていたドレスはどうなったのか――。

「あの……」

とりもあえず、エイレーネは体を起こした。陽のあるうちからベッドに入っているわけにはいかない。声をあげて、呼びかけた。

しかし、朝目覚めるときにはまるで計ったようにそこにいるメイドの気配はない。部屋はしんと静かで、窓の外から鳥の声が微かに響いているばかりだ。

しばらくエイレーネは耳を澄《す》ませていたけれど、誰もやってくる気配はなかったので、ベッドから降りた。ドレスも、その下も乱れたところはどこにもない。

ルルディの園からの記憶がないけれど、誰がここまで運んでくれたのか――ルキニアスの逞しい腕に抱きあげられる自分が思い浮かび、顔の火照りが強くなる。懸命に首を震って、熱を逃がそうとした。

「誰か、いませんか?」

床に足をつけて、人の気配に耳を澄ませた。しかし、そうでなくてもメイドやフットマンたちは音もなく動く。エイレーネが多少神経を鋭くしたくらいでは彼らの存在を知ることができるはずなどなくて、諦《あきら》めてドアに向かった。

「あの……」

誰が自分を運んで、着衣の面倒を見てくれたのだろう。その礼も言いたいし、ルキニアスはどこにいるのか——彼と顔を合わせるのはためらいを覚えるほどに気恥ずかしかったけれど、運んでくれたのが彼なら、謝意を述べたいと思った。

エイレーネには、館の中はどこを散策することも許されている。いくつあるのか知らないけれど、どの部屋に立ち入ってもいいらしい。しかし恐怖が先立ち、それを告げられたときに見てまわったのは、自分の部屋のまわりのいくつかのドアだけだった。

かつん、と靴音が廊下に響く。それが奇妙に大きく耳に届いて、エイレーネはびくりとした。脅《おび》えることなどなにもないはずなのに、なぜかしんとした館の中を恐ろしく感じる。エイレーネは、ゆっくりと歩いた。

窓の外では小鳥たちがかわいらしく鳴き、さわさわと木々が音を立てている。それらに耳を傾けながら、エイレーネは歩いた。広い廊下を抜けて、するとたくさんのドアがある。片っ端から開けてまわろうと手を伸ばしたエイレーネは、ふと意識を引き寄せるものを感じ、顔をあげた。

並ぶドアの、一番奥。ここからは影になってよく見えないけれど、ずいぶんと重厚なものであることがわかる。しかしエイレーネを惹きつけたのは、それだけではなかった。

（なんの部屋かしら）

どくり、と胸が跳ねる。エイレーネは今度は足音を殺し、ゆっくりとそこに近づいた。扉を前にして、深く息を吸う。吐くときに、一緒に心臓が飛び出てしまいそうだと思った。

「エイレーネ」

ルキニアスの声だ。早い鼓動を打っていた胸が、ドレスを突き破るかと思った。エイレーネは高鳴る胸を押さえながら、努めてゆっくりと振り返った。

そこに立っていたのは、ジレとキュロット姿のフットマンだった。見覚えは、あるようなないような――ルキニアスとはまったく似ていない姿なのに、先ほどの声はルキニアスのものに聞こえた。

（どうして……？）

思わず胸を押さえつけ、エイレーネはフットマンに向き直る。彼は丁寧に頭を下げて、言った。

「その扉は、お開けになりませんように」

その声は、やはりルキニアスのものには似ていない。先ほど聞こえた声は、ルキニアスがそこにいると思ったくらいだったのに。ますます、先ほどの声が不思議で仕方がない。

「どう、して……？」

震える声で、エイレーネは尋ねた。しかしフットマンはそれ以上は言わず、慇懃《いんぎん》にエイレーネの前を去る。ひとり、エイレーネは残された。

フットマンは、霧《きり》のようにいなくなった。エイレーネの耳の奥には、先ほどの声が響いている。どう思い返しても、ルキニアスの声にしか聞こえなかった。

（開けては、いけない……）

エイレーネは、ごくりと息を呑んだ。手を出しかけた。同時に手にぴりっと衝撃が走ったような気がして、引っ込める。

（なにが、……あるの？）

扉は、静かにそこにたたずんでいた。目の表面が乾いてしまうくらいにエイレーネはそれを凝視《ぎょうし》し、跳ね返ってくるのは冷たくエイレーネを拒む寒々しい空気ばかりだった。

第三章　ガラスの匣《はこ》の花嫁

　その日は、暖かい風の吹く心地いい日だった。

　エイレーネは、メイドに籠《かご》を持ってきてもらった。柄《え》がついていて、腕に通してぶら下げられるものだ。その中には、触れないようにと言われているルルディは避け、ほかの今を盛りと庭に咲き誇る花々を摘《つ》んで入れるつもりだ。

「行ってらっしゃいませ」

　メイドが、慇懃にエイレーネを見送った。

「お気をつけられませ」

　いつもと変わらない口調で、メイドはそう言った。エイレーネは、思わず彼女を振り返る。深く頭を下げたメイドの顔は見えなかったけれど、気をつけるようにとの言葉が引っかかった。

　ここは、悪魔伯爵の城。まわりに広がる森にはどのような生きものがいるかも知れず、ルルディの棘のように、エイレーネにとっては死を意味するなにかがあってもおかしくないのだ。

そう思うと、散策の足が鈍くなった。どのように恐ろしいものがあるか知れない。しかしルルディを始め、アルストロメリア、オキザリスにオンシジウム、ネモフィラにベルフラワー。目に鮮やかな花々はエイレーネの目を楽しませてくれて、エイレーネの意識から恐怖は少しずつ遠のいていく。

それでも、棘のある茎には気をつけながら。エイレーネは、広い庭園の中を歩きまわった。中には見たことのない花もあって、その鮮やかな色にエイレーネは惹かれた。

「……あ」

庭園の奥深く、まるでほかとは違う絵の具で描かれた絵のように、ルルディの一群があった。神が、そこだけは特別な場所だと特に念入りに塗ったように目に華やかに映ったのだ。

エイレーネは怯んだ。そこ一面に咲いているルルディは、すべてが黄色だった。黄色は、かつて地に降りた神の子を裏切った男がまとっていた衣服の色だとされている。太陽の光を切り取ったような鮮烈な花が、いくつもいくつも群れをなして咲いていることに逃げ出したいような恐怖に駆られた。

しかし、花は花だ。いくら不吉な色とはいえ、花そのものに罪はない。エイレーネは恐る恐る近づいて、そっとルルディの黄色い花びらに触れた。

ふわり、と香りが漂う。その芳香は、ルキニアスを思い出させた。彼のまとう香気は、この花を摘んでできた溶液なのだろう。目の痛くなるような黄色を見ていると禍々しい気持ちが拭えなかったけれど、しかし花は美しい。エイレーネは手を伸ばし、黄色のルルディに触れようとした。

「きゃ……っ！」

花に触れると、びりっと衝撃が来た。毒だろうか。エイレーネの知っているルルディに毒はないけれど、ルキニアスは自分の血で芽吹いた花だと言っていた。そうでなくても、悪魔伯爵の城の庭園の花なのだ。どのようなことがあってもおかしくはない。

エイレーネが触れたことで花は大きく揺れ、その芳香をあたりにまき散らした。花はこんなに小さいのに、香りは濃い。噎《む》せそうな濃厚さにエイレーネは胸を押さえた。

「ん、っ……？」

がさり、と音がした。ルルディの大群の向こう、なにかがいる。背中にぞくりと、なにかが走った。

（野犬……？　それとも、狐《きつね》……）

あたりは、しんと静まり返っている。それだけに、なにものかの気配は敏感に感じられた。静寂《せいじゃく》が肌に沁み込んでくるかのようだ。急に聴覚が鋭敏になったかのようで、エイレーネの体は冷たく温度を下げた。

城の庭園は、見渡すかぎり緑と花々の鮮やかさに埋め尽くされている。小動物の餌《えさ》になる木の実もあれば、その小動物を捕食する危険な生きものもいるだろう。それが、ルルディの香りを——否、エイレーネを餌として襲おうとしているのなら。

さやさやと、木の葉が音を立てる。その音さえも、エイレーネに恐怖を感じさせた。

エイレーネは、後ずさりをした。下草が微かに音を立て、エイレーネはもう少しで悲鳴をあげるところだった。

向こうはエイレーネに気がついているのだろうか。気づかれていなければ、音を立てるのは得策ではない。すぐに襲ってこないところを見ると気づいていない公算のほうが高い。エイレーネは、そっと後ずさりをした。

また、がさっと枝の擦れ合う音がする。どきりとした。野犬でも狐でも、相当に大きな生きものだろう。犬でも、女のひとりくらい簡単に襲える大きさのものもいる。

走って逃げようか、それとも向こうの出方を見るか。エイレーネは、ごくりと息を呑んだ。

「きゃ……、っ……！」

大きく枝ずれの音がして、エイレーネは悲鳴をあげた。風が大きく吹き舞って、ルルディが濃く香る。それに誘われるように姿を現した動物は、犬でも狐でもなかった。

茶色の毛並みを逆立てた、エイレーネの体の倍はありそうな大きさの恐ろしい動物だった。

「……狼《おおかみ》！」

エイレーネは、大きく目を見開いた。エイレーネなどひと口で飲み込めそうなほどに開いた真っ赤な口から太い牙《きば》を剝き、鋭い爪の生えた前脚を、一歩エイレーネに向かって踏み出した。

「あ、……、っ……」

逃げなければ。そうは思うものの、足が言うことを聞かない。膝ががくがくと震え、唇までがわなないている。エイレーネはただ狼を見つめていて、見開かれた狼の目は血走っていた。明らかに、エイレーネを獲物《えもの》として見定めている。

「た、す……け、て……」

掠れた声で、エイレーネはつぶやいた。ここは、城の庭園の奥。庭師のひとりもおらず、仮にいたとしても、こんなに小さなエイレーネの声が届くわけがない。狼は、ぐるる、と耳にするだけで恐ろしい呻き声をあげていて、それがエイレーネの恐怖をいや増した。

「助けて……、ルキニアス……さ、ま……」

思わず、エイレーネはつぶやいていた。しかし彼がそれを耳にするわけもなく——仮に聞いたとしても、狼の餌食になるエイレーネを救ってくれるだろうか。殺す手間が省けたと、狼のなすがままにするのではないだろうか。

うう、と狼が呻きをあげる。エイレーネは大きく目を見開いたまま、震えは全身を走ってもう歯の根が合わない。エイレーネの手からばさりと花籠が落ち、その音に刺激されたかのように狼は大きな口を開けて地面を掻いた。

「ああ……、っ……！」

狼は、エイレーネが対抗する爪も牙も持たないことを確かめるように赤く血管の走った目を見開き、こちらを凝視している。恐ろしいのに目を離すことはできず、足はがくがくと震えて、その場に座り込んでしまいそうだ。

その、鋭い爪が土を抉った。飛びかかる前の威嚇《いかく》の姿勢だ。エイレーネは、ひっと息を吞んだ。

「——世界と闇の法に逆らうものよ……」

声が聞こえた。エイレーネは、はっと振り返る。そこには黒のフラック姿のルキニアスがいて、その手を狼に向かってかざしている。

「我、いと高きところより、邪悪《じゃあく》な魂に弓引くものなり……！」

エイレーネは、大きく目を見開いていた。かざしたルキニアスの手から、まばゆい光が発せられたような気がしたのだ。

（……なに？）

ぎゃああ、と吠《ほ》え声がした。今にもエイレーネに襲いかかろうとしていた狼が、もんどり打って倒れたのだ。今までの恐ろしい形相はどこへやら、白目を剥いて倒れ、口からは泡を吹いている。まるで強い力でいきなり殴《なぐ》られでもしたかのようだ。

その姿に、エイレーネはその場に座り込んでしまった。足の力が限界だったのだ。

「ルキニアス、さま……?」

彼は、かざした手を下ろした。ふっと小さく息をつき、なにもなかったかのような顔をしてそこに立っている。その目はいつもの底知れぬ黒さで、ときおり見る金色は散っていない。彼はどこまでも沈着冷静にエイレーネを見つめ、目をすがめた。

「な、にが……?」

ルキニアスは、その黒の瞳でエイレーネを見やっただけだった。じっと見つめられるだけで、エイレーネはたじろいでしまう。一歩後ずさりをして、すると落とした籠からこぼれた花を踏みつけてしまい、ふわりとルルディの香りが濃く広がった。

「ここを、ただの庭だと思うな」

じろり、とエイレーネを睨《にら》みつけながら、ルキニアスは言った。

「おまえも、わかっているのだろう? ここは、悪魔伯爵の城だ。この狼も、悪徳の匂いに惹かれてやってきた……おまえにも、すでに悪徳の匂いが沁み込んでいる」

エイレーネは、目を見開いて息を呑んだ。思わず胸に手を置いて、するとその奥で心臓が激しく脈打っているのが伝わってくる。

「わたしを……助けて、くださったのですか」

思わず口から洩れた言葉に、ルキニアスは眉根を寄せた。その不快そうな顔に、エイレーネはびくりとしてしまう。ルキニアスはふいと、エイレーネに背を向けてしまった。彼が去ろうとしているのを、エイレーネは感じ取った。

(怒っていらっしゃるの……?)

その場に座り込んだまま、エイレーネはなおも震えていた。かたわらには、泡を吹いて倒れたままの狼がいる。倒れた体勢からぴくりとも動かないのは、ともすれば死んでしまったのかもしれない。

なにしろ、ルキニアスは悪魔なのだ。いかに大きく恐ろしいものであるとはいえ、狼に死の引導を渡すことなどわけないことなのだろう。

(でも……、どうして、ここに?)

迫りあがる思いがあった。ルキニアスを追おうとエイレーネは立ちあがる。しかし恐怖に力が抜けたまま、よろりとよろめいてしまって転びそうになった。

「……あ!」

力の入らないエイレーネを支えたのは、ルキニアスだった。いったんは去ろうとしていたはずなのに、その力強い手はいつの間にかエイレーネの腰にまわっていて、だからエイレーネは散らばった花の上に膝を突くことから免《まぬか》れた。

「ありがとう……、ございます」

わななく声でのエイレーネの礼に、ルキニアスはなにも言わなかった。ただ、エイレーネの腰にまわした腕を引き寄せて抱き寄せる。そしてその唇に、己《おのれ》のそれを押しつけた。

「ん……、っ……！」

柔らかく、熱い唇。それに息を塞がれて、エイレーネは喘いだ。どく、どくと鳴っていた心臓はさらに鼓動を激しくし、呼吸もままならない。ルキニアスの腕が強くエイレーネを抱きしめていなければ、再び地面にくずおれていただろう。

「……ん、っ……」

ルキニアスの唇は、エイレーネのそれを食《は》む。濡れた部分が触れ合って、くちゅりと音を立てた。その音はエイレーネの背を駆け抜けて、ぞくりとした感触が生まれる。彼の手に追いあげられることを覚えている体は、それだけで高まった。思わず両脚をもぞつかせると、谷間から濡れた音がするような気がする。

「あ……、っ……」

そんな自分を、恥じらった。ルキニアスから体を離そうとし、しかし彼の手がなくては立っていられないほどエイレーネの足は頼りなかった。

「気をつけろ」

ルキニアスは、腕を伸ばす。彼の両腕はエイレーネの背と両膝の裏にまわり、まるでエイレーネの体重などないかのように軽々と抱きあげた。

「きゃ、……、っ……！」

「じっとしていろ。落ちるぞ」

慌てるエイレーネなど気にも留めていないらしいルキニアスは、そのまま黄色いルルディの群生する場所を離れた。ルルディの香りは遠くなったけれど、しかしその香水をまとったルキニアスに抱えられているのだ。その匂いは、エイレーネを甘く酔わせた。

ルキニアスは、エイレーネを下ろすことはなかった。抱きかかえたまましっかりとした足取りで歩くルキニアスの腕の中で、エイレーネはこの館にやってきてから初めて感じる安堵《あんど》を抱いていた。

（ルキニアスさま……）

彼の腕の中で、エイレーネの胸を思わぬ柔らかい感情が走る。

（心配してくださってる……？　わたしを）

悪魔の腕に抱かれて、安心するなんて。それは奇妙なことではあったけれど、しかしエイレーネはそれを自然に受け入れていた。

（どうして……？　花嫁なんて、誰でもいいはずなのに。わたしでなくても、よかったはずなのに）

事実、今までここに送り込まれた花嫁たちは戻ってこなかった。その生死も不明、それはとても恐ろしいことであるはずなのに。

それでいて、ずっとこうしていてほしいような。そんな感覚にとらわれて、エイレーネは戸惑った。

ルキニアスに抱かれたまま、エイレーネはルルディの咲きこぼれる庭を進んだ。甘い香りは濃く広がって、それに包まれるふたりはまるで恋人同士のようだ、と思った。

□

それは、禁断の扉だった。

黒檀《こくたん》の、いかにも重そうな扉だ。エイレーネはどの部屋に入ってもいいと言われているけれど、ここだけは違った。あのときエイレーネを止めたのは、本当にフットマンだったのか。ほかに誰もいなかったけれど、しかしこの館の中ではなにがあっても不思議ではない。なにしろ、悪魔伯爵の城なのだから——。

扉の前に、エイレーネは立っていた。胸の前で手を組んで、緊張にとくとくと鳴る左胸の鼓動を感じている。

馬車が出ていったのを知ったのは、つい先ほどだった。銀色の馬具をつけた馬の引く馬車が、この館の主《あるじ》を乗せたものではないとは思えなかった。だからエイレーネは、足音を殺してそっと部屋を出たのだ。

ごくり、と固唾を呑み下した。微かなもの音にはっとして、あたりを見まわす。しかしまわりにはフットマンやメイドどころか、鼠《ねずみ》一匹いなかった。

エイレーネは、再び黒檀の扉に目を向ける。真鍮《しんちゅう》のドアノブは輝くほどに磨きあげられていて、触れるのがもったいない。それでも、この扉をくぐらなければ求めるものは手に入らない——この向こうを見ることさえできれば、求めるものを得ることができる。自分でも根拠の曖昧な衝動に駆られてエイレーネは、勇気を振り絞ってドアノブに手をかけた。

かちり、と音がした。鍵はかかっていないらしい——震える手を抑えつけながら、ゆっくりとノブをまわす。最初にあがった音以外、響くものはなかった。きちんと油が差されているらしい。

「わ、……あ……」

そこは、広い部屋だった。エイレーネに与えられている部屋も広いけれど、ここには敵《かな》わない。重そうな天鵞絨のカーテンが引かれていて、中は薄暗い。

それでもテーブルの上の鷹《たか》の彫刻、人間の手を摸した文鎮《ぶんちん》——それにエイレーネはぎょっとして、後ずさりをしてしまったのだけれど、銅色のそれが本物であるはずがなかった——部屋の控えめな光は、それらを照らすのに充分だった。

そんな部屋の光景に目を奪われたエイレーネだったけれど、慌てて振り返り慎重にドアを閉める。そして改めて、部屋を見まわした。

「すごい……」

まず目に入ったのは、書物だった。部屋の壁という壁は書棚《しょだな》になっていて、ぎっしりと本が詰め込まれている。窓際の机の上にも、数えきれないほどの書物が積み重ねられていた。どれもこれも、立派な革で装丁してあり、エイレーネの手では掴めないほどに分厚い。

「ルキニアスさまのもの……かしら……」

恐らくそうなのだろうけれど、しかしこれだけの膨大《ぼうだい》な量を、彼は読んでいるのだろうか。どの本も羊皮紙が黒ずみところどころ波打っていて、決して飾りものではないことがわかる。

エイレーネは、目の前の机にそっと近寄った。一番上に置いてある、赤い革で包まれた本に指をかける。表紙を開くと、ぱっと動物の匂いが立ちのぼった。

本に使ってある羊皮紙は、羊の皮を鞣《なめ》したもの。知識として知ってはいたものの、本物を見るのは初めてだ。触れる機会など、一生ないと思っていた。

手触りは、ざらざらしている。本を壊しはしないかとひやひやしたけれども、少しくらいページをめくったところではびくともしない、丈夫なものらしい。

羊皮紙には、黒々とした文字が刻まれている。しかし残念なことに、エイレーネは字が読めなかった。別段それは恥じることではない――村では、祈り以外の文字が読める者を捜《さが》すほうが難しい。それでいてエイレーネが残念だと思ったのは、これだけの膨大な量の知識の源を前にして、自分はなにひとつ得ることができないからだ。

(字が読めたら……ルキニアスさまのことも、すこしはわかるのかしら)

エイレーネは嘆息しながら、ページをめくる。どの文字も模様のように見えこそすれ、理解することなどとうていできない。

(ルキニアスさまがお考えのこと……、お好きなもの。嗜《たしな》まれるもの……召しあがるもの)

いったい、ルキニアスはどのような人物なのか。なにを好み、どのような趣味でこの部屋を飾り、なにを楽しみとしているのか。

ため息は大きくなった。同時にエイレーネは、そのようなことを知りたがっている自分に驚いていた。

エイレーネは、ルキニアスのことをなにも知らない。狼から救ってくれたときに見せた、今までとは違う顔――あれは不器用ながらも、ルキニアスの優しさだったのではないのだろうか。エイレーネの知らない、ルキニアスの一面だったのではないのだろうか。彼は、ただただ恐ろしいばかりではない――もっと複雑な、エイレーネの知らないいろいろな面を持った人物なのだ。しかしそれを知る術《すべ》はなかった。

エイレーネは、食事はひとりきりで部屋で摂る。その献立《こんだて》がルキニアスの好むものなのか、日々与えられるドレスがルキニアスの趣味なのか。しかし尋ねられる相手は、ルキニアスを含めて誰もいなかった。

だから、それを求めてこの部屋に入ったのだ。ルキニアスが出かけたらしいことを見計らってこっそり入り込んだこの部屋に、答えがあるのかどうかはわからない。しかしそれでも、彼のことを知りたいと思う気持ちは、ページをめくるごとに大きくなっていく。

エイレーネはページをめくる。文字はぎっしりと、羊皮紙を埋めている。いくら眺《なが》めても一文字もわからないのだから、めくるだけ無駄だ。そうは思うものの、一ページ一ページ丁寧にめくる手は止まらない。

「……あら？」

手が止まった。今まで見てきた文字と違う雰囲気を持つ文字が刻まれているページだ。その意味ももちろんわからなかったけれど、目に入る印象が違う。

「なんなの……？」

その文字を前に、どくりと胸が鳴った。まるでルキニアスに触れられ抱かれ、貫かれるときのような衝撃だ。エイレーネはとっさに手を左胸に置き、一歩退いた。ぱたん、と音がして本が閉じる。

「な、に……？」

心臓が、どくどくと鳴っている。なぜ自分がこれほど動揺するのかわからない。それでいて、先ほどまでその本に平気で触れていたことが不思議だった。あんな恐ろしい——そう、刻まれた文字から受ける印象は、恐怖だった。

文字など読めないはずなのに、なぜそのような感情を抱くのか。しかしそれ以上その本の近くにいることが恐ろしく、エイレーネは急いできびすを返した。

書物に埋め尽くされた広い部屋の奥には、新たな黒檀の扉がある。反射的にエイレーネはそちらに向かい、やはり輝くように磨かれたドアノブをまわした。

「……あ、……！」

つん、と鼻を衝《つ》いたのは、初めて感じる匂いだった。痛いほどに突き刺さってくるような匂い。エイレーネはとっさに、鼻を押さえた。

「なんなの……？」

その部屋は、薄暗かった。最初は目が闇に慣れないで、鼻を押さえたままエイレーネは何度もまばたきをした。窓は左手にあって、そこには分厚いカーテンがかかっている。それは、向こうの部屋のものよりも厚いらしく、視界を助ける役に立つほど光は入ってこない。

それでも少しの隙間から昼の光がこぼれてきていて、それがエイレーネの視界に力添えしてくれた。

うっすらと埃《ほこり》が立っているのが見える。きらめく埃の粒《つぶ》を、目で追いかけた。目の前のテーブルの脚は、人の足の形を模している。ブロンズ色のそれの気味の悪さに、エイレーネは眉根をしかめた。

テーブルの上には、蝶の標本《ひょうほん》が入った木箱がいくつも並べられている。蝶の羽根は美しいけれど、それがすでに死んでいる——蝶の屍体《したい》なのだと思うと、不気味さは増した。

「ひっ……！」

思わず悲鳴が洩れた。誰かに見つめられたような気がしたのだ。人の気配などないのに。エイレーネはまわりを見まわして、ややあって闇に慣れてきた目がとらえたものは。

「……っ、う……！」

瞳。見開かれた目。視線がかち合って、エイレーネは全身から力が抜けるのがわかる。立っていられず、どすんと音を立ててその場に座り込んだ。

　大きく目を見開く。じっとエイレーネを見つめている——そのまなざしは、闇の落ちる部屋の奥からだった。恐怖に喘ぎながら目を凝《こ》らすエイレーネは、暗い中に浮かびあがる白い顔にさらに瞠目した。

「アリスン……！」

　五人目の花嫁——そう、教会に引き取られていた孤児だった少女。あまり話はしたことはないけれど、ときおり教会の使いで酒場に来ていた。口数の少ない、一方で素晴らしい金髪を持った少女だった。

「なん、なの……？」

　しかし、アリスンは生きていない。それはひと目でわかった。それでいてその視線を感じるとは、どういうことなのだろう——エイレーネは恐る恐る手を出して床を這い——足は、力が抜けてしまっていたので——アリスンの前に這い寄った。

　エイレーネとアリスンの間には、ガラスがあった。そして目が慣れていく中、エイレーネは叫び出さないようにするのが精いっぱいだった。

「な、に……、こ、れ……」

　アリスンは、その瞳を見開いてそこにいた。その目が何色かは見えなかったし、エイレーネはアリスンの目の色を覚えてはいなかった。それでも確かに視線を感じる彼女は、ガラスの匣に収まって飾られていた。

それは、見事な匣だった。四隅には細かい装飾がある。人ひとりを収める匣など、さぞたくさんのガラスが必要だろうに、高価なそれを惜しげもなく使って、アリスンをこのような場所に飾っているのだ。

かなり目が慣れてきた。アリスンは、白いドレスをまとっている。襟もとに大きなリボンのあるかわいらしいドレスだ。記憶にある見事な金髪は結いあげられて、やはり白のリボンで飾られていた。

これが人形なら、美しい装飾品だと思って眺めるところだっただろうに——否、仮にそれが人形でも、感じるのは途方もない不気味さだ。まばたきをすることのない目は見開かれ、今にもなにか言いそうな唇は少し開かれている。産毛《うぶげ》までが生々しく、磨き抜かれたガラスの向こうに見える。

アリスンの屍体が、ガラスの匣の中に飾られている。感じる異臭は、屍体の匂いなのか。しかし目の前のアリスンの体には、どこも腐《くさ》っているようなところはない。腐るどころか、ともすれば生きていたときよりも冴《さ》え冴《ざ》えと美しく、そこにある。

「あ、……、っ……」

床に突いたエイレーネの腕が、がくがくと震え始めた。座り込んだ下半身にも震えが伝い来る。それでもアリスンの姿から目が離せない。恐ろしいのに視線を逸らすことができないとは、どういうことなのだろう——見開かれたエイレーネの目の端に、別のものが映る。

「……っ、ひ！」

アリスンの収められたガラスの匣の隣——もうひとつの、匣。やはり美しい縁取りのされたそこには、榛色《はしばみいろ》の髪の少女が——やはり瞠目していて、その目がかっとエイレーネを見下ろしている。

「い……、あ……っ……」

掠れた声が洩れた。エイレーネはその場に懸命に体を起こし、上半身だけをどうにか起きあがらせる。すると、さらに目に入ったもの。

ひとつ、ふたつ——すべてで、五つ。ガラスの匣は、五つあった。村から出された花嫁は、五人だった。エイレーネが六人目——ガラスの匣には、知っている顔も知らない顔も、五つがすべて目を見開いてエイレーネを見ている。

「つあ……、……、っ……」

冷や汗が流れる。しかしエイレーネは身動きができなかった。汗を拭うこともできない。こめかみを伝うのは冷たいしずくで、それがエイレーネの体温を奪っていくように感じた。

（なんなの……？　なんなの、これは……!?）

声が出ない。まばたきもできない。腰も立たなかった。恐ろしいと思うのに視線は五つのガラスの匣に注がれたまま、体は強ばって動かない。

(ここは……なんのための部屋なの……？　アリスンたちは、いったいどうしたっていうの……？)

小刻みに体が震える。歯の根が合わない。目の表面が乾いていく。異様な匂いは濃く漂っていて、エイレーネの身にも染みつきそうだ。それでもエイレーネは動けない。指先さえも、自由にならない。

――エイレーネ。

声が聞こえたような気がした。エイレーネは、はっとして。そしてまわりを見まわす。

――エイレーネ……、六人目の、花嫁。

「だ、れ……？」

――いらっしゃい。あなたも、ここに来たのね……？

五人の、かつての花嫁たち。そして、六人目のエイレーネ。こちらにおいで、と招く彼女たちは、問うているかのようだと思った――あなたは、ルキニアスさまの求めるものを与えて差しあげられるの？　ルキニアスさまの欠けたところを、埋めて差しあげられるの？

「ぅ……、あ……」

エイレーネは凍りつく。なぜそんな考えがよぎったのか――この異様な空間で、感覚がおかしくなったのか。見えもしないものが見え、聞こえもしないものが聞こえたのか。かつての花嫁たちの声なんて。そして、ルキニアスの求めるもの、欠けたところ――そのようなものが、あるはずがないのに。あのどこまでも、完璧なまでに美しく恐ろしい人に、エイレーネがなにかを与えるなどということが、できるはずもないのに。

――かつん。

「ひ、ぁ……！」

文字どおり、エイレーネは飛びあがった。痛いほどの静けさを、なにかが破った。まるで床を踏む足音のような――エイレーネは強ばったまま、もうひとつ音が響くのを聞いた。

「エイレーネ」

ルキニアスの声だ。新たな汗が、背中を伝っていく。ぽたりと床に落ちたのと、もうひとつ足音が響いたのは同時だった。

「おまえは、聞かされていなかったか？」

その声に、動揺は見られない。まるで子供を叱《しか》る親のような――言いつけを守らない子供を罰《ばっ》しようとするような、落ち着いた声だった。

「この部屋に、入ってはいけないと」

かつん。足音は、エイレーネの背後で止まった。

「悪い子だ」

「ルキニアス……さ、ま……」

ゆっくりと、澱《よど》んだ空気が動き出す。エイレーネはぎこちなく、ぜんまい仕掛けの人形のように首を後ろに動かした。恐ろしいのに、同時にどうしても抗えない衝動に駆られて、エイレーネは引き寄せられるように顔をあげる。

「……あ」

鋭く突き刺さってくる、黒のまなざし。今は、あの金色のかけらは見当たらなかった。ただただこの部屋に広がる闇よりも深い黒が、エイレーネを貫く。

「悪い子には、お仕置きだな」

この部屋——並んだ五つのガラスの柩《ひつぎ》。収められた花嫁たちの遺骸。それを見られたことに対する動揺など、かけらもなかった。エイレーネに見られてはいけないから、入室を禁じたのではなかったのか。

「きゃ……、っ……！」

エイレーネの腕に、手がかけられた。二の腕を摑んで、引きあげられる。下肢に力の入らないエイレーネは、引きずられるように書物の部屋に連れてこられた。突き飛ばされてとっさに手を突いたのは、先ほどめくった本の上だった。

「や、ぁ……！」

あの、恐ろしい文字が書いてある書物。思い出すと、その本が焼けた鉄のように感じた。エイレーネは逃げようとして、しかし後ろからのしかかってきたルキニアスの体に阻《はば》まれてしまう。

「我が花嫁は、ずいぶんといたずら好きと見える」

耳もとで、低い声が綴られる。エイレーネはびくりと大きく震え、しかし体を這って前にまわってきた逞しい腕が、身動きを阻む。

「言いつけを守らず……なにをして遊んでいたのだ？」

「……、ち、が……、っ……」

ルキニアスの歯が、エイレーネの耳を咬んだ。敏感な神経が反応して、エイレーネは大きくわなないた。

「違わないだろう……この部屋には入るなと、言いつけておいたはずだが？」

「あ……、です、けれ……ど……」

彼の言うとおりだ。エイレーネは禁断の扉を開けた。言いつけを破ったことは責められても仕方がない。しかしルキニアスの隠していたものはといえば——エイレーネの体を、改めて湧きあがった恐怖が走る。その震えを押さえつけて、ルキニアスはエイレーネの耳の縁をぺろりと舐めあげた。

「よほどに……罰がほしいか？」

体のうちに走る快楽を感じる中枢《ちゅうすう》が、敏感に反応する。着衣越しにもルキニアスの硬い体が——圧倒的な質量が伝わってくる。まるで太い格子でできた檻《おり》のようにエイレーネを押さえつけ包み込み、身動きさえ許さないルキニアスはエイレーネの耳に舌を這わせると、また呟んだ。

「ひぅ……、っ……！」

「悦んでいると、見える」

歯と舌で交互に刺激を繰り返しながら、ルキニアスは冷たい吐息を吹きかける。

「罰されるのを求めて、入り込んだか？　こうされることを、望んで？」

「いや……、ちが、……う……」

エイレーネは、ふるふると首を振った。緩く結んであるだけの銀の髪が揺れる。それが頬を叩き、それにも感じる——ルキニアスによって簡単に高まることを覚えさせられた体は、すでに熱を持ち始めていた。

「いいや、違わないな」

ルキニアスの手が、エイレーネの背を這う。布越しにも彼の手を、指を感じて震えてしまい、押しとどめようとしても体は独りでに反応する。

背中に伝った指が、しゅるりという音とともに動く。それがドレスの後ろを締めあげているリボンの音であること、彼のなめらかな指が結び目をひとつひとつほどいていっていることがわかった。

「あ……、っ、ぁ……」

ドレスが脱げてしまう——下着姿を、彼に晒してしまう。その先に行われることを想像しただけで、頭の芯がかっと熱くなる。ルキニアスが耳もとでくすりと笑ったのを感じたのは、神経がすでに鋭く尖っているせいか。

「ひ、ぁ……っ、……っ……」

しゅるっ——腰のリボンがほどかれる。薔薇色の絹のドレスは波打って、ゆっくりと体をすべり落ちた。それが足もとまで落ちないうちに、今度はコルセットの革紐を。ペチコートのリボンを。靴下の留め金を。すべてをほどかれて、エイレーネは膝までずり落ちた靴下と靴だけの格好で、山積みの書物の上に体を伏せている。

「つや……、あ……っ……」

剝き出しになった背中の上を、濡れたものが伝う——つうっ、と背骨をなぞるように舐め下ろされる。

「いや、です……、ルキニアス、さま……」

懸命に身を捩った。エイレーネが身を伏せているのは、あの恐ろしい文字の書かれた書物なのだ。触れるのも恐ろしいのに、それなのにこうやって乳房を押しつけているなんて――エイレーネの体を貫いたわななきは恐怖ゆえか、それともルキニアスの舌が双丘の谷間につながる骨を舐めあげたからか。

「……っあ、あ、ん……っ！」

「正直ではない口にも、仕置きが必要か？」

彼の手が、剝き出しになった双丘を撫であげる。外気に触れることのない敏感な肌はその刺激に震え、まるで感じる神経に直接指が這ったように思った。

双丘に触れていたルキニアスの手は、そのまま体を撫であげる。脇に手のひらがすべって乳房に触れ、しかし軽く形をなぞっただけで手は離れて、エイレーネの顎をぐいと摑んだ。

「見せろ。その、嘘つきな唇を」

「いぁ……あ、あ……」

頰が歪むほど、乱暴に後ろを向かされる。微かに開いた唇には、彼の親指が這った。強く擦られて、その刺激が腰に伝い来る。

「あ、……っ……」

ルルディの香りのする呼気が、重なってきた。それはエイレーネの唇を濡らし、洩れこぼれた自分の吐息と一緒に、押しつけられる。

背後から押さえつけてくる体の硬い質量に反して、唇はぞくりとするほどに柔らかい。それはエイレーネの震える敏感な皮膚をとらえ、ちゅくりと吸いあげた。

「ふぁ……、っ、あ……」

ぞくぞくっと、背中に痺れが走る。エイレーネの肌はわなないて、それはルキニアスにも伝わっただろう。彼はエイレーネの感覚すべてを奪おうとでもいうように、深いくちづけを仕掛けてくる。

「……んっ、っ、あ、……っ」

包まれ吸われ、濡れた部分を舐めあげられた。軽く歯を立てられてはその痕を舐《ねぶ》られ、すると感じる神経が鋭敏になってくる。どうしようもない衝動が体の奥に生まれ、炎になって燃えあがっては、体の奥を熱くしていく。

「い……、う……っ、ぁ……」

迫りあがってくる熱に耐えきれず、エイレーネは身を捩った。しかしルキニアスの力は大きく、エイレーネを決して逃がさない。抱きすくめる体が抵抗を見せるほどに腕は力強く包み込み、錬鉄の檻となってエイレーネを拘束《こうそく》する。

「ル、キニア……、さ……」

呼吸さえも自由を許されず、大きく胸が上下する。無理やり後ろを向かされる不自然な体勢で、片方の乳房を潰される。それはあの恐ろしい書物の上に押しつけられていて、剝き出しになった敏感な肌は、革の細かく隆起《りゅうき》した形までを感じ取る。

「いぁ……、っ……、ん、っ……」

しかし、エイレーネに抵抗の術はなかった。強い腕、感覚を奪い取られるようなくちづけ。体を拘束される重み。指先までをもとらわれてしまう恐怖。自由に身動きできないということが、これほどの快楽を生むとは思わなかった。

「……っああ……、っ……！」

そう、机の上に押し伏せられて、ドレスを脱がされて。顎を摑んでくちづけされて、感じるのは快楽だった。苦しさの中に燃えあがるものは愉悦、ルキニアスに教え込まれた全身が痺れる享楽——ちゅくん、と唇を吸われてエイレーネは声をあげる。それは甘く蕩けていて、この口が嘘をついたと責められてもルキニアスは間違っていない。

「や、ぁ……、っ、ぅ……ん、んっ……」

ルキニアスは唇の内側を吸ってはもてあそび、歯を立ててはその痕を舐め、突き放してはエイレーネにせつなさを感じさせる。体を走った空虚にエイレーネは声をあげ、ねだるように腰を揺らめかせてしまう。ふたりの唇を銀の糸がつないでいて、それがちぎれる前に再び唇を奪われた。

「ん、……く、っ……ん、っ……」

吸われ咬まれて赤く染まった敏感な部分をまた吸われ、エイレーネの肌がひくひくと震える。ルキニアスの舌はそれをじゅくりと舐めあげて、そのまま突き込んできた。喘ぎに開いた唇は彼の熱さを受け入れ、歯を舐められて大きく震える。

歯の表面を、その形を辿って歯茎を——頰の裏を。エイレーネの口の端からはしたたりが洩れこぼれ、それは摑まれた顎を伝って落ちていく。

「……ぅ、あ……、っ、っ……」

執拗に口腔を愛撫されて、あげる声もままならない。切れ切れの声が部屋に満ち、それはいっそうの淫らとなってエイレーネの脳裏に響いた。

「い、……や、ぁ……、ぁ……」

顎に絡みついていた指が、ほどかれる。それにエイレーネは微かな声をあげた。しかし彼の力を失ったさみしさは、咽喉を這う爪の尖りに埋められる。エイレーネの咽喉を裂こうとでもいうように彼は爪を立て、柔らかい皮膚に痕を刻んでいく。それは貫く痛みと同時に追い立てられるような快楽となって、背中がぞくぞくと震えた。

「このようにされて、感じるのか？」

唇を重ねたまま、ルキニアスはささやいた。

「傷つけられて……悦ぶか？　こんなに、肌を震わせて」

「あ……、や、ぁ……っ、っ……」

ルキニアスの言葉が、エイレーネを侮る。その低い声が肌を伝って、神経を鋭敏にする。屈辱的なことを言われているのに、どうして反応して感じてしまうのか——彼の声が、どこまでも甘いから。肌を伝って、産毛の一本一本までを撫であげていくから。

「おまえの中を……切り裂いて、見てみたいな」

彼はつぶやいた。とたん、エイレーネの脳裏にガラスの柩が蘇る。中に収められた花嫁たち——その目を大きく見開いていながら命はもうなく、匣に収められて静かにこちらを見つめる少女たち。

——彼女たちが、高らかに笑ったような気がした。

「おまえの血は、どのような味がするのか……おまえの腑《はらわた》は、どのような色なのだろうか……」

それは、ぞっとするような言葉だった。そのようなことを言うなんて、彼はやはり悪魔なのだ——エイレーネの全身を走ったのは恐怖だったはずなのに、腹の奥から迫りあがってきたのはますます燃え盛る熱い炎だ。

「私に見せるか、エイレーネ……？　私におまえを、味わわせるか？」

ひくり、とエイレーネの咽喉が鳴る。そこにルキニアスは咬みついた。柔らかな皮膚に突き刺さる痛み——それは、体を伝う愉悦となって響き渡る。濡れた唇を、嬌声が破った。

血が滲むのかと思った。しかし彼はそこまでは力を込めず、やはり歯の痕に舌を這わせてくる。ぺろりと舐めあげられて、ぞくぞくっと小刻みな痺れが背を走る。

「おまえの腑を……、おまえの色を……、……魂を」

「……っあ……、っ……！」

そして、またその言葉。大きく背を震わせながら、彼の声が渦を巻いて脳裏に沁み込むのを感じる。

「ルキニアス、さ、ま……ぁ……」

尋ねようとした。なぜそのようなことを言うのか——その意味するところはなんなのか。開いた唇はしかし引きつって、わななく声が洩れるばかりだ。

「わた、……し、の……、っ、ぁ……ああ、っ！」

言葉は崩れてしまい、形にならなかった。彼は再び咽喉に歯を食い込ませてきて、エイレーネの声を奪い取る。たまらない痙攣が走り抜けて体を震わせたけれど、覆い被《かぶ》さってくる彼の体がエイレーネの自由を拘束している。思うがままにならない体の中を巡る快感はわだかまって、身の奥に燃える炎のどうしようもない燃料になる。

「……ふぁ……、あ……ああ、っ……」

彼の歯はそのまま柔らかい肌を刻み、剝き出しになったエイレーネの肩をすべった。

その鋭い先端が触れ、食い込み――同時にエイレーネは、大きく目を見開く。不安定なつま先にまで、大きな衝撃が走った。

「やぁ、ああ、あ、ああっ！」

エイレーネの体の中心を、稲妻《いなづま》のような閃光が貫く。それは腹部の奥にあがる炎をいっそう大きなものにし、指先にまでその熱が広がっていくのがわかった。

「……っあ、あ……、あ……っ……！」

掠れた声が、咽喉の奥でくぐもった。がくがくと下肢が震える。後ろからルキニアスに支えられていても、体は今にもくずおれそうだ。

「や、……、あ、……ぁ……、っ……」

力強い手が腰にすべって、無理やりに立たせられる。しかし足ががくがくとしていて、立つことなどできない。懸命に足に力を入れようとするものの、つま先立ちの不安定さが感じる神経を煽った。

「……いぁ……、や、ぁ……っ……」

「達ったか……？」

音を立てて肩の傷を舐めあげながら、ルキニアスがささやいた。舌を這わせられる感覚、伝わってくる声の震えまでが刺激になる。エイレーネは何度も身を痙攣させて情動を逃がそうとした。しかしルキニアスの逞しく厚い体が、自由を許してくれない。

唇までがわななく快感の中、彼の声が体を伝って響いてくる。

「このようなところで……達けるのだな、おまえは」

「っや……ぁ……、っぁ……、……」

濡れた痕に、また軽く歯を立てられる。敏感になった体は刺激をまともに受け止めて、エイレーネの咽喉を喘ぎが破る。もっと彼女を追い立てようとでもいうようにルキニアスはきちりと歯を立てた。今度こそ本当に肌が破れて、血が溢れてしまったかもしれない。

「……っう、……っ、あ……ああ、っ！」

「何度でも達け」

エイレーネの肌に刻んだ傷を舌で辿りながら、ルキニアスは言った。じゅくり、となにかを啜りあげるような音がしたのは、彼がエイレーネの血を飲み下したからなのかもしれない。

「おまえが気を失っても、離しはしない……何度でも追い立てて、苦しみを味わわせてやる」

「んは……、ぁ、ぁ……、っ……」

ぶるり、と大きく肌が震えたのは、彼がまた感じる部分を舐めたからか、それともその言葉がエイレーネを恐れさせ、同時に悦ばせたからか。

――また、笑い声。かつての花嫁たちの、甲高く笑う声。

「それとも……、感じていると、言うか？」

ルキニアスの手が、覆い包む体を這いのぼってきた。腰の曲線を辿り、肋骨《ろっこつ》の形をなぞる。粟立った肌をざらついた男の手のひらで何度も撫であげられて声をあげ、すると彼はもっとと促すように肌を擦る。

「感じていては、仕置きにならないだろう」

そう言う彼の手が、乳房を摑んだ。指を食い込ませられて、エイレーネは声をあげる。痛いと感じたはずだったのに、同時に突き抜けていった感覚はなんなのだろう。

「や、ぁ……っ……」

「そのような声をあげて」

いつの間にか硬く尖っていた乳首を、つままれる。きゅっと捻られて、すると体の芯を快感が走る。いまだきちんと立つことは叶わず、ルキニアスの腕に委《ゆだ》ねている下肢にまで走ったそれが快感ではないと否定することはできなくて、エイレーネは唇を噛んだ。

「……ん、っ……、っう……」

つぅ、と脚の谷間から生温かいしたたりがこぼれ落ちる。声を抑えることができない。噛みしめているはずの歯はすぐにほどけ、くりくりといじられる色づいたところから響く感覚に追い立てられる嬌声を綴った。

「堪え性のない」

嘲笑う声が、耳をくすぐる。頬を熱いものが走ったけれど、それを抑え込む術などなかった。彼の腕の中で震えながら、エイレーネは小刻みに喘ぎ続ける。

「それとも、なにをされても感じるのか？　たとえば……ここを、こじ開けて」

「っあ、あ……っ！」

彼の指が、強く乳首を押し潰した。中心を貫く感覚とともにほかの指が乳房の柔らかい肉に食い込んで、力を込めて形を歪ませられる。

「……おまえの、中を見ても？　おまえの心臓の色を確かめても？」

それは、左の乳房だった。彼に翻弄され、どく、どくと跳ねる心臓が埋まっている場所——まるでその柔らかい膨らみをもぎ取ってしまおうとでもいうように、ルキニアスは手に力を入れた。

「や……、ルキ、ニアス……さ、ま……」

痛みと快感のない交ぜになった感覚の中、エイレーネは微かな声をあげた。彼の言うことは恐ろしいのに、なぜか響く——体と、そして脳裏に。エイレーネは振り返って彼の顔を見ようとし、しかしやはり体は自由にならない。

「それでも、おまえは悦ぶのか？　こうやって、身を捩って……」

「っあ……、ああ、んっ！」

彼の手が、すべった。腰を撫であげられて、声が溢れる。手のひらに擦られた肌が反応する。肌が小刻みに粟立った。支えを失った下半身が大きく震え、しかし後ろからルキニアスの脚が絡まってきて、くずおれることもできない。

柔らかい両の乳房の膨らみを、強く揉まれて押し潰された。思考はたちまち白く塗り潰される。指はてんでにうごめいて、強弱をつけての刺激にそのことしか考えられなくなった。

彼の爪が乳首をかすめ、その刺激にもまた声があがる。追い立てるように、手がさらに強く動いた。

「い、あ……っ、あ……あっ、……」

咽喉が、激しく咳き込んだときのように痛む。エイレーネの嬌声は掠れて、それでも白い乳房をもてあそぶ手は止まらない。それどころか、伝わる快感はますます強くなった。

「……っ、ふぁ……あ……っ、あ……」

支えるもののなくなった腰が、小刻みに揺れる。胸を掴まれていることと、後ろから脚を絡められることでどうにか立っているけれど、がくがくと震える足ではあまりにも不安定だ。

「やっ、……、お、ちる……」

思わず、エイレーネは叫んでいた。咽喉を反らせて背に力を込めて、すると強く乳房を揉みあげられる。

「おち……、っ、ぁ……、っ……」

「私が、おまえを落としてしまうとでも？」

耳に這う吐息、舐めあげる舌。内耳に響く声。彼の低い声はエイレーネの体中に広がって、中枢から感じる神経を追い立てる。

「しっかり抱いていてやる……おまえが、気を失ってしまっても、な」

ぞくり、とエイレーネは震えた。気を失うまで、彼は攻め立てるつもりなのか。ぞっとした。それは頭の芯までを貫く衝撃で、同時にエイレーネの肌は自分でもわかるほどにはっきりと粟立った。

「なんだ……悦んでいるのか？」

強く乳房を揉み立てながら、ルキニアスが耳もとでささやく。

「嬉しいのか？　こうやって抱かれて……気を失うまで抱かれて、堕ちることが」

「あ……、や、ぁ……、っ……！」

彼の爪が、乳房に痕を刻む。つきりとした痛みを伴うそれは、まるで自分の証をエイレーネの体につけているようだと思った。エイレーネがルキニアスの所有物であることを示し、彼の腕だけでよがり狂い堕ちていくのを見届けるために、彼から離れられない焼き印を押しているかのようだと感じる。

「望みどおりに、してやろう」

ルルディの香りのする呼気が、背中にかかる。彼の舌で濡らされたそこは敏感に、吐く息でさえをも愛撫ととらえる。同時に強く乳房に力を込められて、芯が大きくわななないた。その奥に潜む心臓が、どくりと大きく音を立てる。

「おまえが……堕落するのを見ていてやる。私の手で……堕ちて、その魂を黒く染めるのを」

「……あ、ああ、あっ！」

その鋭い歯が、背骨の隆起に咬みついた。ずくん、と腰にまで衝撃が走る。エイレーネは咽喉を反らせた。両足ががくがくと震える。内腿を、生温かいものが伝って落ちていく。

彼の右手は乳房を離れ、腰を辿って下りていった。刺激を失った膨らみは惜しむように疼いたけれど、それをなだめるように左手がうごめく。乳房を揉みしだき頂点を擦り、きちりと爪を立てては撫でさする。

「あ、……、やぁ、……っ、……」

右の手が、剝き出しになった肌をすべる。腰の骨をくすぐるように指が動き、内腿

へとすべる。特に敏感なそこはざわりと反応し、エイレーネは大きく身を震った。その指先は濡れた部分を這って、そして秘められた両脚の谷に這いのぼる。

「いぁ……、ああ、……っ、あ！」

はっ、と耳を濡らしたのはルルディの呼気――そして不安定な体勢ゆえに開いた脚をさらに大きく開かせるのは彼の下肢。エイレーネははしたないほどに脚を拡げてしまい、その狭間《はざま》に手が入り込んでくる。

ちゅくり、と音を立てながら指がそこにすべり、今まで与えられた刺激で濡れそぼった箇所をかき乱す。いきなりの刺激に、エイレーネは声を失った。目の前が真っ白になる。痛む咽喉を、微かな呻きが裂いていく。

「……っあ、あ……あ、……っ……」

それは確かに嬌声だったのに、うまく形にはならなかった。まるで苦しみに呻く者の声を洩らしながら、エイレーネは忍んでくる指を受け入れた。

花びらの端をなぞり、擦られる。先端をつまんで軽く引かれる。触れられることのなかったそこは刺激を悦び、たらたらと蜜を垂らす。幾滴も、内腿を伝って落ちていく。

「いあ、ぁ……、っ、……や、……っ」

秘所への愛撫は、苦しみだった。不安定な体勢に震えているエイレーネに気づいているはずなのに、触れてくる指は容赦なく追い立てていく。擦り、つついては爪の硬い部分で触れてくる。敏感な部分はすべての刺激を如実《にょじつ》に受け止めて震え、エイレーネは掠れた声を洩らし続ける。

「やぁ……、っ、……ぁ、あ……」

指をすべらされ、花びらの奥に突き立てられる。じゅくり、と蜜をこぼす部分を挟られた。それにひくっと腰が震え、自分の声が否応なく甘く響くのを止められない。

「だ、め……、こ、んな……、か、っこ……う、……」

本の上に身を伏せ、左の乳房に指を絡められて。背には、衣をまとったままの厚い胸が押しつけられている。脚の間にはやはりキュロットを穿《は》いた脚が挟み込まれていて、だらしなく膝を開いたままだ。

「悦んでいるくせに？」

くすり、と男は笑う。その指が花びらを二枚つまみ、くちゅくちゅと擦り合わせる。その音にも、体の芯を駆け抜ける刺激もエイレーネは震え、書物の上についた上半身がわななないた。

「ほら……、たらたらと、蜜を流して。これほどに溢れさせて……」

「や、ぁ……、ん、っ……、っ……」

「認めろ。自らを、淫らな女だと、な」

彼がしきりに蜜園をいじり、ちゅ、ちゅくっと淫猥な音を立てるのがたまらない。エイレーネはしきりに首を振り、するとこぼれ落ちた髪が頬を叩く。それもが愛撫となって、低く声が洩《い》れ出でた。

「堕落にふさわしい……淫乱な、女」

「……っあ、や……、っ……」

ルキニアスの声は悦びを孕んでいるようなのに、一方で悲しみをも感じさせる――そのような考えが、エイレーネの脳裏に走った。はっと目を見開くものの、その言葉はすぐに霧散してしまって、自分がなにを聞いたのかも忘れて――忘れさせられてしまう。

「ふ……ぁ……あ、ああっ……！」

彼の指が一本、花びらの中に埋められる。ちゅくっとそれを引き、突き立て、また引く。濡れそぼった花びらの中で指が水音を立てて動くのに、エイレーネは声を失って体を引きつらせた。

「あ、や……っ、っ、あ、ああっ！」

そこは、触れられるごとにどんどん濡れていく。ぽたぽたとしずくを垂らしながら愛撫を受け入れ、もっととねだって蜜をこぼす。頭を振って髪の揺れる音を立てても、水音はそれ以上に艶めいてエイレーネの耳を撲《ぶ》つ。

「だめ……、っ、ぁ……、っあ、あ……っ」

うごめく指は、二本に増えた。それらがてんでにぐちゃぐちゃとうごめき、蜜園を荒らした。しかしエイレーネの秘所は悦ぶばかりだ。ひくり、と体の奥がひくつくのがわかる。腰の奥の炎は燃えたぎり、蜜口がぱくぱくと、刺激してくれるものを求めてうごめいている。

「やめ……、っ、……ルキニアス、さ……ま、ぁ……」

自分の体の反応を懸命に無視して、エイレーネは声をあげた。彼の吐息が、ふっと首筋にかかる。それだけの刺激でもエイレーネは大きく体を跳ねさせてしまい、秘所に埋め込まれた指を深く受け挿れる。

「これほどに反応して、いや、はないだろう」

彼の笑いが、敏感に粟立つ肌をなぞった。それは背筋を這って神経を伝い、腰にわだかまって炎と混ざる。

「悦んでいると、言え」

「ぃう……、っん、……っ……」

ふるふると、エイレーネは首を振った。唇を噛み、こぼれる声を殺そうとする。しかし歯はすぐに、溢れる唾液にすべってしまう。堪えたことでよけいに感覚は鋭くなり、濡れた谷間をかき乱す指はさらに器用にうごめく。ぴちゅ、ぴちゅとあがる音もより鋭く耳に響き、聞かないようにと努力しても、なににもならなかった。

「言え。……言わないのなら、言いたくなるようにしてやろうか？」

「……っ、う……ん、っ……？」

はっ、とエイレーネは目を見開いた。その縁から、涙が一粒こぼれ落ちる。

「自分は淫らな女だと、認めるんだ。その口で……言え」

「やぁ……、んっ……」

エイレーネは、掠れた声を洩らした。同時にぐりっと擦られて、ひっと途切れて声がこぼれる。

「エイレーネ」

後ろからまわされている手が、乳房を摑む――ぎゅっと力を込められて、快感と痛みが同時に走る。彼の指が乳首を挟んで、ぐりぐりといじった。

「い、ぁ、ああ……っ、あ！」

彼は、再び名を呼んだ。その口調には、今まで聞いたことがないような艶めかしさと、逆らえない力強さがある。その迫力がエイレーネを圧倒して、どうしようもなく支配される恐怖――そして快感を連れてくる。

「っそ、な……、こ、と……っ……」

なおも乳首をつまみ捏ねまわし、下肢の指は蜜を洩らす秘所を撫でて。ちゅくん、と音がして蜜園を這う指が遠のき、エイレーネはひくりと咽喉を震わせる。

「言え、な……、ぁ……、ああ、あっ！」

彼の指はさらに小刻みにうごめく。

「やぁ、ああ、……っ、んっ、あ！」

指で花びらを挟んで擦り、爪先を突きあげては、それがかすめるように秘芽を刺激する。尖りきったそこは、ほんの少し触れられるだけで如実な反応を示した。

「い……ぁ、ぁ……、っ、……」

びりっ、と全身に雷の走る感覚。エイレーネは目を見開いて、するとまた涙がこぼれた。唇はわななき、端からはしずくが洩れ流れる。

「……っ、……ん、……っ……っ」

そんなエイレーネの反応を窺うように、指は何度か芽をつついた。それが微かな刺激であるからこそ秘められた部分はわななき、もっとほしいと震え始める。

「やぁ……っ、……ぁ……あ！」

ひくり、と秘所が大きくわななく。自分の体の思わぬ反応に、エイレーネは瞠目する。大きく震える両脚の間からはますますの蜜がこぼれて、内腿はもうすっかり濡れてしまった。

「ルキニアス、さま……ぁ……」

自分は淫らな女だと言えば、許してもらえるのだろうか。この先を与えられるのだろうか。そのような言葉を言うことはできず、しかしもっと先をとねだることもできなくて、エイレーネはただ声を嗄《か》らした。

「……ふっ、あ……ああ、あ……っ……」

腫れた芽の表面を、彼の指が擦る。その指紋《しもん》さえも感じられるのではないかと思うくらいに敏感になったそこは、触れられるたびに痛いほどに反応してエイレーネを惑わせる。

「ひぃ、……あ、あ、ん……っ、っ！」

腰が、大きく跳ねた。ルキニアスの指が、芽をつまんだのだ。きゅっと擦られて、エイレーネはねじれた声を洩らす。力を込められた瞬間、また白いものが視界を走ったような気がした。

「あ、や……、っあ……、っ、ん、んっ……」

あまりの刺激に、エイレーネは体を揺らす。しかし押さえ込まれているせいで動きは自由にならない。そのことがもどかしさを生み、熱はわだかまって体の中を駆け巡ってはエイレーネをさいなんだ。

「っあ、……ん、っ……あ、ああっ！」

つまんで擦られて、全体を指先で撫であげられては水音とともに指が離れる。そのたびにエイレーネの咽喉からは奇妙な声が洩れ、掠れて痛みを増すのがわかった。

はぁ、はぁと息を吐くエイレーネは、書物の上に突っ伏す。表紙のざらざらとした感覚が、剝き出しの乳房に如実に感じ取れた。それに反応してびくりとしてしまうものの、さらにエイレーネを驚愕《きょうがく》させるものがある。

「い……、ぁ……っ……、っ……」

伝わってくる感覚に、背筋がぞくりとした。ルキニアスの指が、細かくうごめく。それは尖りきった芽をいじる動きなのだけれど、なにかエイレーネの知らないぞくぞくとした律動が感じられるのだ。

「な、に……、っ……、……」

ぶるり、とエイレーネは身を震った。かっと体中が熱くなる。腰の奥で燃えていた炎が、ますます大きくなった。それはいじられる芽から伝わってきていて、ぞわりと指先まで広がっていく。

「……っうん、っ……、っ、あ！」

濡れた唇が、開く。今までにない衝撃に、エイレーネは瞠目する。

「な、……に、……、っ、……、キニア、ス……、さぁ……っ……」

エイレーネの息は絶え絶えで、うまく形にならない。未知の震えが全身に伝わって、顎までがくがくと震えているのがわかる。頰に咽喉に、しずくがしたたる。それを押しとどめることもできないまま、エイレーネは目の表面が乾いていくのを感じていた。

「やぁ……、や、め……、っ……」

はっ、はっ、と荒い息が洩れる。まるで、咽喉の渇《かわ》いた犬のようだ——事実、エイレーネは野生を剥き出しにした犬のように本能のみに忠実で、迫りあがる快感に身を委ねている。

「こ、……っ、れ、……、な、に……」

「おまえの秘密を守る、皮を剥いた」

突然、彼の声が響いた。その甘いルルディの香りはずっと漂っていたのに、まるでルキニアスが突然現れたかのようにエイレーネは身を震わせる。

「おまえが、よりよく感じられるようにな……。おまえが、素直になるように」

ぺろり、と熱い舌が耳を這う。それにもびくりと体を反応させながら、エイレーネはひくっと咽喉を鳴らした。

自分の体が、知らないものになってしまったような気がする。ルキニアスの指が動き、皮を剥いたという秘芽をすべる。もともとどうしようもなく感じやすかった場所だけれど、さらに敏感になってエイレーネをさいなむのがわかった。

「これで、きちんと言えるだろう?」

彼の指が、剝き出しの芽をかすめる――ほんの少し、触れただけ。それでもエイレーネの全身にはちかりと瞬《また》くものが走って、嗄れた咽喉から声が洩れる。

「っあ……、あ……、っ、……！」

がくがくと、足が震える。蜜が落ちる。つま先がわないて、しかしエイレーネの下肢はしっかりとルキニアスに抱きとめられている。

「な……、っ、に……、れ、……っ……」

ルキニアスが、耳もとでなにかをささやいた。しかしそれは、形になってエイレーネのもとには届かなかった。彼の声が響く――その甘い声音、ルルディの香り。しかし、彼がなにを言ったのかはわからない。

「……ぁ、な……、っ、……に、……？」

彼の指が、またそっと形をなぞる。それは触れるか触れないかというほどの優しい動きだったのに、エイレーネはまるで直接神経に触れられてしまったかのように反応する。自分の過剰《かじょう》な動きに、骨が軋み始める。立っていられるのはルキニアスが後ろから支えているからで、そうでなければとっくに体は崩れて、壊れた人形のようにひしげていたことだろう。

「やぁ……、ルキ、ニアス、さ……、ぁ……」

助けてほしい――エイレーネは手を伸ばして、名を呼んだ。この苦痛のような快楽を与えているのはルキニアスなのに、彼が助けてくれるはずがない。しかしエイレーネが助けを求められるのはルキニアスしかいなくて、ただ彼女はその名を呼んだ。

「いや、……っ、……、ル……キニア、ス、さ……ま……」

掠れた声は、形になっていただろうか。彼に届いただろうか。それを確かめる余裕もなくて、しかし振り返ることもできなかった。

「ひぅ、……っ、……、っっ、……！」

また、指をすべらされる。形を辿られる——微かに、爪の感触があった。それは引っかいたというほどの刺激ではなかったのに、エイレーネの体は大きくわななないた。息をするのも忘れ、ただ体にじぃんと響き渡る過ぎる愉悦を感じている。

「……っや、……ぅ、っ……」

掠れた声が洩れた。咽喉が痛んだけれど、快楽ではない感覚が走るのはいっそ心地よかった。ぴりっと走った痛みにエイレーネは目が覚めたように感じ、しかしすぐに、その咽喉を破って新たな声がこぼれる。

ルキニアスの指がすべって、芽の根もとに触れた。掘り起こすようにつままれ、蜜を絡ませながら花園の中を這いまわる。

「い……、っう、……、ん、んっ……！」

それは、剝かれた芽に触れられる痛みのようなものに比べれば穏やかな快楽で、ほっとエイレーネは息をつき――しかしその中に混ざる新しい感覚にはっとする。

「っ、……ん、……や、ぁ……っ……っ」

それは、蜜園をかきわけた。そして挿り込んでくる、二本の指先。ずく、とそれは秘められた場所を破り、エイレーネはくぐもった息を吐いた。

「ああ、あ……、っ、……、っ……」

満たされる感覚――それは体中に沁み渡っていく。今まで与えられていた快感が鋭すぎるナイフに突かれるものならば、秘所に突き挿れられるのは優しく抱きしめられるような――それでいて体の芯を疼かせる、もどかしい感覚。

「……、キ、ニア……ス、……っ、さ……」

息を吐きながら、エイレーネはつぶやいた。ささやきは自分でも驚くほどに甘く綴られる。埋め込まれる質量を、吐息とともに受け挿れた。ずくん、と腹の奥が疼く。

「ふぁ……、ああ、……っ、……」

咽喉を反らせて、エイレーネは喘いだ。同時に双丘の狭間に擦りつけられる熱に気づいて、体の中の火がゆらりと炎上する。

「……っや……、っ……」

ぶるりと身をわななかせた。それがなんであるのか、すでにエイレーネは知りすぎるほど知っている。炎の舌が、腹のうちを舐めた。ぞくぞくっ、と悪寒が走る。

「ほしがっていると見える」

同時に、首筋も舐めあげられる。走った寒々しさはさらに強く、彼の声と混ざって身のうちに渦巻く。

「しかし……、言えてからだ」

ちろり、と舌が這う。首筋をすべって耳の裏に、そのまま耳翼《じよく》を、そして歯が立てられる。

「言え。おまえは、淫らな女だと……」

耳を通して流れ込んでくるささやき。体に響く声。指を突き挿れられたときよりも、エイレーネは大きく震えた。それを押さえつけるように、片方の手が肩にかかる。

「認めろ……、堕ちろ」

ぞくぞくと、全身を走るわななき。体内にこだまする、欲情の炎を煽る声に促されるようにエイレーネは固唾を呑んで、ゆっくりと唇を開く。

「……、た、し……、は、……」

ふと、快楽に蕩けた脳裏を走る光がある。それは、ルキニアスが本当に望んでいる言葉なのか。エイレーネに強要しながらも彼がどこか苦しそうで——辛そうなのは、なぜなのか。

エイレーネは振り返った。厚い胸が頭の後ろにあって、自由に体を動かすことはできない。それでもエイレーネは懸命に潤《うる》んだ視線を上に向け、ルキニアスの黒い瞳を捜そうとした。

「……、あ、っ……」

きらめく金。目を射る美しさで、輝く星が散っている。エイレーネはそれに見とれ、視線がかち合ってどきりとする。

「ルキニアス、さま……」

ささやく声は震えていた。それでもエイレーネは懸命に、まなざしを外さないように努めた。彼の金色のきらめきをとらえ、すると体の奥の炎が熱く滾るような気がする。

「……、ルキニアスさ、……、ま……」

エイレーネの綴る彼の名は、きちんと形をなしていなかったかもしれない。まともに立っていることもできないのだから、見つめ返しているつもりでも視線は固定できていなかっただろう。

それでもルキニアスが、その深く美しい瞳をわななかせたのがわかった。金色が瞬く。彼はまばたきをしたのかもしれない。その形のいい唇は熱い吐息をついて、同時にじゅくん、と濡れた音がした。

「ひ、ぅ……、っ、……!」

秘所から、彼の指が抜け出る。埋めるものを失った蜜口がひくひくと痙攣する。エイレーネ自身もぶるっと身を震い、すると腰に手がかかった。両方の手だ——それは双丘を押し拡げ、すると熟したぴちゃりと肉が開かれる。部屋の冷たい空気が入り込んで、その温度差にエイレーネは身震いをした。

「あ、や……、っ、や……、く……」

「堪え性のない……」

侮りの言葉さえも、愛撫になる。エイレーネは掠れた声をこぼして首を振り、すると結いあげていたピンが緩んでばさりと銀の髪のひと束が落ちる。髪は背中をすべって、その感覚にも感じさせられてぞくぞくと背の神経が波打った。

「ここを、こんなにひくひくとさせて……いやらしく、蜜を垂らして」

「やぁ……、ん、な……っ……」

双丘の柔らかさを押さえつけるルキニアスの手が、その感覚を楽しむようにうごめいた。肝心《かんじん》な部分に触れてもらえないもどかしさと、敏感な神経を揉みあげられる衝動に声をあげ、咽喉の痛みに噎せて咳《せ》き込む。

咽喉奥からは掠れた声が洩れ続け、エイレーネの肌は敏感にひくついてわななく。それを手のひらで楽しむようにして、ルキニアスは何度も手を動かした。彼の手が肉を刺激するたびに身を貫く衝撃があって、エイレーネのつま先はきちんと床を踏んでいることができずに、体が不安定に揺らめく。

「挿れてほしいか……？」

ほしがって口を開くエイレーネの秘密の場所に、ぬくりと熱いものが押し当てられた。エイレーネは、はっと目を見開く。濡れた先端が淫猥なくちづけをするようにそこに触れ、しかしすぐに離れてしまう。ふたりの体を淫らな銀色の糸がつなげ、それがひくりと震えてエイレーネの情感のほどを伝える。

「あ、……は、や……、っ……」

錆びついた声で、エイレーネは訴えた。腰を揺らしてもどかしさを伝えても、彼は先端を押しつけるだけで離れてしまう。表面を擦られる刺激と欲しいものが与えられない焦れったさがエイレーネを押しあげ、痛む咽喉を嬌声が破る。

「おねが、……、っ……、な、か……、に……」

腰を突き出し、エイレーネは訴えた。柔らかい肉が震えて、それは支えるルキニアスの手にも確かに伝わっているはずなのに、彼はただ甘いルルディの香りの呼気を吐くばかりだ。彼の息の熱さが、背を這いあがる。首筋を包んでぞくぞくとさせ、脳裏にまで広がってもう、彼の熱を受け挿れることしか考えられなくなる。

「ああ、わたし、の……、お、く……」

自分の声が響いて、体の芯がじんじんする。それにすら感じさせられながら、エイレーネは懸命に声を絞《しぼ》った。

「挿、れ……、っあ……あ、ああっ！」

彼の先端が、ほんの少しだけ突き込まれる。それにエイレーネは悲鳴をあげた。甘い嬌声と混ざり合ったそれは、しかしすぐに引き抜かれたことに失望の色へと変わる。

「いや……、ルキ、ニア……ス……、さま……っ……」

エイレーネは咽喉を反らせた。書物の上に突いた指が突き立って、爪がかかる。革の上を爪が引っかいていく。がりがりと、耳障りな音があがる。

耳もとに、震える息が吹きかけられた。エイレーネはびくんと腰を跳ねさせる。わななく下肢を掴む手に力が籠もり、エイレーネがはっとする間もなく引き寄せられた。

「あ、……や、ぁ……っ……」

「淫らな女……、どうしようもなく……堕落して……」

「ルキニアス、さ……ま……？」

「……、っ……、を……」

彼が、なにを言いかけたのか。はっきりと耳に届かなかった声を追いかけて振り返ろうとしたエイレーネは、震える蜜園を裂く質量に目を見開いた。

「……い、ぁ……あ……、っ……」

熱い呼気がこぼれる——拡げられる、満たされる。すっかり慣らされ男をくわえ込むことを覚えたぬかるみは彼を導くように開き、きつい蜜口は熱を歓待して締めつける。

「っあ……、ああ、……、っ、……っ！」

それでもいきなりの挿入が、苦しいことには変わりがない。エイレーネは荒い息を吐きながら、後ろから挿り込んでくるものを受け止める。ずく、ずくと柔らかい肉を裂いていく凶器——男の徴。それに煽られ高められて、エイレーネは強く体を反らせた。

「い、ぁ、……っ、あ、あ……ん、っ！」

熱杭は蜜襞を拡げ、一気に押し挿ってきた。濡れた内壁が、淫らな音を立てて受け止める。ぐちゅりと音を立てながらそれはエイレーネの秘密を犯し、熱い洞が埋められていく感覚にしきりにひくついた声があがる。

「やぁ……、っ、と……、ま、って……っ……」

彼の動きは、性急だった。まるでエイレーネの体を味わうことを待ちきれないように、気短に先を求める飢えた動物のように。

「……、あ、……、っあ……、あ……ああ、っ！」

積み重ねられた書物の上に胸を押しつけ、エイレーネはしきりに喘いだ。掠れた声は咽喉を焼いて、それでも声をあげるのは止められない。自分のものではないような嬌声が、部屋に満ちる。女の淫らな声が、耳に響く。

「だ……、ぁ、め……、っ、……！」

ずくん、と強く突きあげられて、エイレーネはあおのいた。その拍子に、今までに突かれたことのない部分を刺激されて腰が痙攣する。ふるふると震える下肢を、ルキニアスの強い手がしっかりと押さえている。

「や、……、っ、……、ああ、あ……ん、っ……！」

固定されることで、湧きあがる情欲はより強くなるような気がする――逃げられない。そう思うことで、恐怖とない交ぜになった快感が生まれるのか。体中を貫く刺激を与えているのはルキニアスなのに、この体勢ではまるで彼ではないかのような――誰か別の者にすり替わってはいないか――エイレーネは顔をあげ、懸命に後ろを見ようとする。

「ルキ、ニアス……、さ、ま……ぁ……っ……」

耳もとにかかった、ルルディの香りの呼気が答えだった。エイレーネの鼻腔が反応する――自分を抱いているのはルキニアスであると確認する。しかし安堵はさらなる攻めあげに押し退けられて、エイレーネは甲高い声をあげ続けた。

「は、ぁ……、ああ、あ……、っ、ぁ……、ん、んっ！」

がくり、と体が落ちた。ばさばさと音がする――のしかかっていた書物の山を崩してしまったのだ。貴重な本が、床に——そのようなことを考える前に、体勢が変わったことに呑み込む角度が変わって突きあげられる箇所がずれ、そのことにエイレーネはまた声をあげた。

「っ……う、ん、……ん、……ん、っ、ん！」

擦りあげられるのは、蜜壺の中ほどだ。濡れた襞を引き伸ばされ、溢れる淫液がぐちゅぐちゅと音を立てる。淫らな音が耳を衝き、肌が熱く染まっていく。自分の熱さに耐えきれずに声をあげて逃がそうとし、しかしそうすればするほど体内は呑み込まされるものを悦んで体温をあげ、エイレーネをさいなんだ。

書物を落としてしまったことで、今までとは違う体勢だ。より高く腰を突きあげることになって、結合が深くなる。彼は、じゅくじゅくと音を立てながらエイレーネの内壁を拡げては擦り、少しずつ奥を犯していく。

「ひぁ……、あ……ああ、っ、あ……」

彼は、ゆっくりと内を進んでくる。もどかしくわななく蜜襞は彼に絡みつき、もっとと引き寄せるものの彼はエイレーネの思うがままにはならない。求めるところをずらしては突き、もどかしい思いをさせては一転、的確な場所を擦りあげる。エイレーネが大きく嬌声をあげて身を反らせるのを押さえ込みながら、ルキニアスはゆるゆると腰を動かした。

「いや……、っ、ああ……、っ、……ん、っ……」

もどかしく擦られ、反射的に蜜口を食い締める。低く、彼が呼気を吐くのがわかった。それに煽られるようにエイレーネも淫らな息をつく。喘ぎ声が混ざって、肌にまとわりつくそれはますます淫猥に乱れる体を追い立てていく。

きつく絞まった淫口を破るように彼は引き抜き、エイレーネが声をあげる間もなく、再び突き立てた。ずくん、と体中に響く衝撃にエイレーネは息を呑み、同時にひくんと体内が震える。そこを先端で押し拡げられ、あまりの衝撃が伝わってエイレーネはより深く身を折った。

「……っう、……、ん、んっ……、ん、ぁ……！」

腰にかかる手に、力が籠もる。ぐっと引き寄せられる。同時に乱暴に襞を突き破られ、エイレーネは悲鳴をあげた。テーブルの上に、指が突き立てられる。がりがりと表面を強く引っかいた。

「い、ぁ……、ああ、……っああ、……っ……」

ずくん、と大きな衝撃に突き抜かれた——濡れた蜜壁を擦り立てて、男の欲望が中心を裂く。秘めた部分いっぱいにそれは膨らみ、最奥を耐えがたいまでの勢いで突きあげる。

「……、……あ、あ……っ、……っ……」

声を失ってしまう。嗄れた咽喉に嬌声が焼きつく。テーブルに立てた爪ががりっと音を立てて、爪の根もとがひどく痛んだ。

「っあ、あ……あ……ああ、あっ！」

しかし痛みなどは、すぐに快楽に塗り潰されてしまう。ずん、ずんと何度も最奥を突かれる。敏感なそこは激しい刺激にわななき、同時に悦んで受け止めた。接合部分がぬちゃぬちゃと音を立てる。歓喜にエイレーネの秘所はますます濡れて、蜜をこぼして彼の侵入を容易にした。

ルキニアスの荒い呼気が、耳を撲つ。繋がった部分の立てる音がそれに絡まる。エイレーネの嬌声が淫らな音を上塗りする。すべてが混ざり合って耳に注ぎ込まれ、体内の熱をますます追いあげた。

もっとも深い部分を突かれて、そこを乱すよう何度も揺り動かされる。子壺の口はきゅうと強く収縮し、その反動が体に伝わって耐えがたくエイレーネは声をあげた。それに応えるように体の奥が、もっとと求めるように蜜を流す。男の欲望から洩れこぼれる熱い淫液がそれに混ざって流れ込むのがわかる。

同時に、腹の奥が熱くなるのがはっきりと感じられた――体全体が大きく震え、硬い熱を誘い込むことしか考えられない。エイレーネは何度も荒い息を吐き、下肢をしきりに揺らめかせた。

「ああ、……っ、も……、ぉ……っ……」

ずるりと引き抜かれて、ひときわ強く突きあげられた。その動きに今までエイレーネを侮っていたような余裕が感じられないのは、ルキニアスもまた欲を抑えられなくなっているのかもしれない——そう思うと、体が大きく震えた。体を駆け巡る熱がより高くなって、耐えがたく大きな息を吐いた——同時に、深くを抉られて。

「ぃ……あ、……っ、あ……、……」

じゅくっ、とひときわ淫らに大きな音がした。それは彼がエイレーネの体内で新たな力を得て、指では決して届かない箇所を突きあげた音。そして同時に、潜んでいる女の快楽の源泉——今まで突かれたことのない場所を刺激され、それは不安定なつま先まで走ってエイレーネの全身を引きつらせる。

「……、……ぅ……く、ん……っ……」

指の端にまで、雷が伝い来た——身の端々までがわななく。痙攣する。腰が痛いほどに引きつる——頭の中が、真っ白になる。

「っ……、あ……、ああ……、っ……」

自分はどのような体勢で、どこに身をもたせかけていて、そしてどういう状態なのか。エイレーネはすべてを忘れ去り、ただ迫りあがる感覚に身を委ねた。

「っは、……っ、あ……、っ……」

大きく、深い息をついた。目の前が見えなくて、なにも聞こえなくて、自分の体の行方《ゆくえ》もわからなくて——小刻みに痙攣する肢体に、ずくんと激しい衝撃がある。

「あ、あ……ああ、……っ……！」

「エイレーネ……」

そのささやきに、ぞくぞくっと背中を走るものがあった。エイレーネは迫りあがる再びの情動に大きく目を見開き、同時に強く深くを抉られて、そして広がる熱すぎる温度——。

「……っあ、……ああ、あ……ん、っ……っ……！」

何度も、大きく体を震わせた。耐えがたいまでに沁み込んでくる熱さ。ただ熱いだけではない、濃厚にエイレーネの体内の感じる場所を刺激して、これ以上はないと思ったさらなる衝動に駆り立てるもの。

「ひぅ、……っ、う……っ……」

体の奥から、焼けていく。まるで溶けた鉄でも流し込まれたようだ。エイレーネは何度も体を震わせて、しかし熱はさらに深く流れ込んできて、エイレーネのすべてを焼き尽くしていく。

ひくひくと、何度も咽喉が鳴る。爪の先までが痙攣する。エイレーネは声を失い、呼吸することも忘れて体内の熱を感じていた。

「……っ、あ……、っ……、ぅ……」

深い部分で受け止めた男の欲芯が、ぶるりと震える。その震動にエイレーネの体もわななき、同時に机の上から体がずるりとすべり落ちた。

「……っ、い、……う、っ……！」

エイレーネの汗ばんだ体は、強い腕に受け止められる。逞しい腕はエイレーネの腹の前で交差して、しっかりと彼女を抱きしめた。

「は、……ぁ、……っ……」

体が、くたりと力を失う。震えていた足が膝から折れる。腕に包まれる体は、止めどない荒い呼気で小刻みに揺れた。

「……、っ、あ……、……あ……」

首筋に、乱れたルルディの香りが触れる。それに産毛をくすぐられて、エイレーネはわなないた。その体を、後ろから強く抱きしめられる。

熱い息がこぼれた。体にまわった腕が少し震えて、そして力が強くなる。

「……ルキ、ニアス……、さ、ま……」

掠れた声で、エイレーネは彼を呼んだ。ふ、と呼気が香る。エイレーネは思わず後ろから抱きしめてくる腕に身をすり寄せ、そして首を反らせた。

焦点が合わないほど近くに、黒い瞳がある。きらきらと、金色のかけらがきらめいている。そのあまりの美しさにエイレーネは見とれ、だからそれが近づいてきて、視界を塞がれたこと――唇に柔らかいものが重なってきたことに、驚いた。

「……、っ、ん……、っ……」

くちづけは甘く、優しかった。エイレーネはしばしの幸福に浸る。体の奥で、呑み込んだままの男が震え、それにぞくぞくとした快感を導かれた。

「……おまえは」

頭の芯に響く快楽を味わっているエイレーネの耳に、低い声が忍び込んでくる。

「恐ろしくはないのか……？」

「な、にが……？」

たどたどしい口調で、そう尋ねる。くちづけたままの唇が、ふっと息を吐いた。ルルディの香りの中で、彼がささやく。

「私が。……私の、ことが」

エイレーネは、ゆっくりと目を見開く。そっと、労《いたわ》るように唇が離れる。彼の瞳が、形を結ぶ。切れ長の形のいい目、白く澄んだ部分と、金色の光の舞う瞳孔《どうこう》が微妙な均《きん》衡《こう》を保って、じっとエイレーネを見つめている。

「あ……」

脳裏には、隣の部屋の光景が浮かぶ。鼻を衝く異臭《いしゅう》に、ガラスの柩の花嫁たち。

思い出してもぞっとする光景には違いなかったけれど、しかしこうやってルキニアスの腕の中にいると恐ろしさを感じない。あの部屋にはなにか、秘密が――エイレーネにはその理由のわからない秘めごとが隠してあるのだと思う。

――それを、知りたい。教えてもらいたい。ルキニアスが自ら口を開き、エイレーネに説明するのを聞きたいと思う。

「……いいえ」

吐息とともに、エイレーネは答えた。

「恐ろしく……ありません」

エイレーネは、また息を吐く。こうやって抱きしめられていること、吐息を間近に感じること、なおも息づく彼自身を受け止めていること。

すべてに満たされていると、エイレーネは感じた。

青いエイレーネのまなざしをとらえる目が、すがめられる。金色を散らした黒はじっとエイレーネを見つめながら、まるでエイレーネが彼の腕から逃げることを恐れるような不安を孕んでいるように目に映る。微笑《ほほえ》んだように、そしてやはりどこか悲しみを孕んだもののようにも見えた。

エイレーネの胸をぎゅっと摑んだものは、いったいなんだったのか。その正体はわからず、ただエイレーネも目を細める。

「ルキニアスさま……」

湧きあがるような衝動とともに、彼の名をつぶやく。その名は何度も呼んだけれど、これほどに情感を込めて呼んだことはなかったような気がする。エイレーネは何度もその響きを噛みしめて、すると再び唇が重なってきた。

「……っ、……、ん、……」

その柔らかさが、体中に沁み込む。熱い下肢は深く繋がったままなのに、触れ合う唇は、まるで互いを知ったばかりのふたりのようだ。そのことがエイレーネを奇妙な酩酊《めいてい》に誘い込んだ。

「……、ニア、ス……さ、……」

エイレーネのささやきは、ふたりのくちづけの間に消えていく。互いの呼気を絡ませ合いながらキスは続いて、指先にまで沁み渡る優しい愉悦を感じていた。

□

エイレーネの前には、羊皮紙を綴《と》じてできた書物が広げられている。

右手は羽根ペンを持っていて、一枚、黒々とした文字で埋められた紙が手もとにある。たくさんのインクの染みが飛び、エイレーネの手までがインクで汚れていた。

「今日は、これくらいにしておくか？」

「……いいえ！」

エイレーネは、ぶんぶんと首を左右に振った。ぎゅっと羽根ペンを握り直して顔をあげる。

「まだ、大丈夫です。もっと、教えてください！」

ルキニアスは、呆《あき》れたような顔をしてエイレーネを見ていた。彼がじっとエイレーネの頬に目をやるのは、そこにインクの染みでもついているのかもしれない。けれどほんの少し踏み出しかけた学問の扉、その先になにがあるのか、気になって仕方がない。

「アルファベットは、どうにか形になったようだが……」

ルキニアスは、エイレーネが羽根ペンの先端が折れそうな勢いで削《けず》るように書き込んだ文字を指でなぞる。しかし目の前の手本とは似ているようで違う文字に見え、本当にきちんと書けているのか心配になる。

「では、この文字と、この文字と」

彼の指が、エイレーネの書いた文字の上をすべる。いくつかの文字を組み合わせて発音するやり方は、先ほど教わった。エイレーネは、ルキニアスの指先を見失わないように懸命に追いかける。

「コ……リダ、ロス……」

「そう、雲雀《コリダロス》」

美しい発音で、ルキニアスは言った。エイレーネは、ぱっと顔を輝かせる。

「よく読めたな」

「ルキニアスさまのおかげです……！」

たった、ひとつの単語。そのひとつがわかったところで、この分厚い本が読めるようになるわけではない。しかしこの言葉は、読書という今まで知らなかった世界への足がかりだ。

祈りの言葉以外を読み書きできない文盲《もんもう》をあたりまえだと思ってきたエイレーネにとって、文字を、読みかたを習うというのは青天の霹靂《へきれき》であり、今まで考えもしなかった新しい驚きだった。

「それにしても、なぜ」

エイレーネの横に立つルキニアスは、不思議そうな顔をしてエイレーネを見ている。

「いきなり、文字を読みたいなどと思ったんだ。なにか、読んでみたいものでもあるのか」

「だって、ルキニアスさまは……たくさん、書物をお持ちでしょう？」

おずおずとしながら、エイレーネは尋ねた。

「少しでも読めるようになれば……、ルキニアスさまのお考えも、わかるようになるかと思ったんです」

ルキニアスは、目をすがめた。それはエイレーネをばかにしているようでもあったし、意外な申し出に驚いているようでもあった。

「私の考えなど、理解してどうするのだ」

「……どう、する……って……」

エイレーネは、思わず口ごもる。彼が花嫁を求めるわけ、彼女たちが生きているかのような姿で匣に収められているわけ。あの部屋にあった大量の書物——読むことができるようになれば、その謎も解けるのではないだろうか。少しでも、ルキニアスに近づくことができるようになるのではないだろうか。

「まぁ、時間潰しにはなるだろうが」

突然のエイレーネの申し出を、ルキニアスはそう取ったらしい。どうせなら、直接訊いてしまえばいいのだ——そう思ったことも何度もあった。しかし口に出すことはできず、ただ読みかたを覚えたいと申し出るのがせいぜいだった。

同時に、今聞いても彼のことを本当の意味では理解できないだろう。彼のことをもっと知ってから、花嫁の匣のことを訊くのはそれからだ。彼の抱く思いを受け止めるのはそれからだ。そう思って、エイレーネは羽根ペンを持ち直す。

「雲雀《コリダロス》、羽根《フテラ》、風《アネモス》、舞う《ホレフティ》……」

ルキニアスの声が、滔々《とうとう》と単語を読みあげた。エイレーネの脳裏には、綴る単語の光景が思い浮かぶ。鳥が空を駆け、吹き抜ける風にその羽根が抜け落ちて、くるくると円を描く。何枚も何枚も、羽根が舞う。それはまるで、話に聞く宮殿での舞踏会の様子だとエイレーネは思った。

「舞う《ホレフティ》……」

ため息とともに、エイレーネは繰り返した。そんな彼女を見ていたルキニアスは、微かに目を瞬かせると言った。

「おまえも、踊ってみるか？」

「……え？」

思わず、問い返してしまう。ルキニアスは自分の持っていた本をぱたんと閉じて、じっとエイレーネを見つめてくる。手をインクだらけにしたエイレーネは、思わずたじろいだ。

「おまえは、身軽そうだ。踊ったことなどないだろうが、すぐに呑み込むだろう」

「は、い……」

彼の言うとおり、今までダンスなどに縁はなかった。村の祭りは季節の巡りごとに催《もよお》されたけれど、そこでのエイレーネの役目は飲みものや食べものの給仕ばかりで、ひとつのステップすら踏んだことはない。

「では、教えてやろう。白いドレスを着て、円舞曲のステップを踏めば、おまえも淑女《しゅくじょ》らしく見えるだろう」

エイレーネは、かっと頬を赤らめた。自分が魅惑的なところなどなにもない、ただの村娘である自覚はある。白いドレスや舞踏のステップなど、無縁だ。そんな自分に引け目を感じて、思わずうつむいてしまう。

「そのような顔をすることはない」

ルキニアスの手が伸びる。エイレーネの顎を摑む。上を向かせられて、視界には彼の整った顔が入る。整った眉、アーモンド型をした目、黒い瞳。長い睫に通った鼻梁、鋭いナイフで形作ったような薄い唇。

その唇が、ゆっくりと動く。

「おまえが懸念《けねん》することはなにもない。すべて、私が仕込んでやろう。おまえを、誰もが振り向く貴婦人に仕上げてやる」

「貴婦人……」

エイレーネの人生には、まったく縁のない言葉だ。エイレーネは覚えたばかりの文字を読むようにたどたどしく繰り返し、するとルキニアスがゆるりと笑った。

「……あ」

エイレーネは、その笑顔に見とれた。彼が笑顔を見せるなど、初めてのことではないだろうか――やや皮肉を孕んだ、エイレーネがどのように変身するか楽しみにするかのような。彼の笑みにエイレーネは視線を奪われていて、だから彼が立ちあがったことに驚いた。

「エイレーネ」

ルキニアスは手を差し出し、エイレーネはおずおずとそれを取る。立ちあがると腰を取られ引き寄せられて、とっさに一歩、近づいた。

「なかなか、筋がいいではないか」

彼は、また微笑んだ。彼の笑みを引き出せることが嬉《うれ》しくて、エイレーネも笑った。

彼はエイレーネの腰に手を添えたままくるりとひとつまわり、すると紅色のドレスの裾がふわりと膨らんで陰影を孕んだ美しい模様となった。

第四章　鏡の間の仮面劇《マスカレード》

妙なる音楽が聞こえてくる。エイレーネは、震えるつま先を前に進めた。

白い靴《くつ》は、真珠《しんじゅ》で飾られている。生地《きじ》は光沢《こうたく》のある絹で、うかつに歩くと汚してしまうのではないかと恐ろしい。

ドレスの裾《すそ》が長く後ろに引いていて、一歩一歩を重く感じる。ドレスもそれを飾る宝石も、さらには豪奢《ごうしゃ》に結《ゆ》いあげられた髪にも慣れなくて、エイレーネはゆっくりと歩いた。

白い手袋の嵌《は》まった手を取るのは、黒い手袋の主――ルキニアスだ。彼は艶《つや》やかな黒の瞳《ひとみ》をエイレーネに向けていて、それに支えられてエイレーネはどうやら歩くことができている状態だ。

ルキニアスは、銀糸の織《お》り込まれた黒いフラックをまとっている。びっしりと蔦《つた》模様が銀の糸で刺繍《ししゅう》され、そのきらめきは本当に銀色の蔦というものがあって、黒い布にそれが伝っているのではないかというようだ。

キュロットはフラックとは裏腹に白く、こちらにも銀糸が縫《ぬ》い込んである。靴は光る黒革、やはり銀糸で刺繍がしてあって、しかし光沢は派手すぎることなく、あくまでも控《ひか》えめな輝きが彼の全身を覆《おお》っている。

エイレーネが身動きをするたびに、彼女の銀の髪に挿《さ》したピンの飾りが揺れる。耳を装う真珠が揺れる。ドレスに縫い込まれた真珠とダイヤモンドがきらめき、自分の目にも眩《まぶ》しいくらいだ。

「ルキニアスさま……」

不安を孕《はら》んだ微《かす》かな声は、流れる音楽に紛《まぎ》れてしまう。しかし彼はその声を聞き取ったらしく、目をすがめた。少し目を細めただけだったけれど、それが彼の笑顔のように見えてエイレーネはほっと息をつく。ふわり、と甘いものが胸の奥から湧《わ》きあがってくるように感じる。

ふたりの歩は、しずしずと進んだ。それを後押しするように音楽が流れる。奏《かな》でているのは広間の右手にあるさまざまの楽器を持った一団で、そのようなことができる者たちがこの舘《やかた》にいるとは、エイレーネは知らなかった。

かつん、と靴が鳴って、階段の最後の段を踏んだ。足もとばかりに注視していたエイレーネが顔をあげると、目の前に広がっているのは一見では視界に収めきれないような大広間だ。音楽に合わせて、白いドレスの裾が揃《そろ》って揺れる。黒いフラックの裾が並んで踊る。

「あの人たちは……？」

ルキニアスに手を取られたまま、エイレーネは尋ねた。ルキニアスはすがめた目のまま、低く答える。

「招待客だ」

「お客さま……？」

エイレーネは首を傾《かし》げる。いったいどこからやってきた客だというのだろう。エイレーネがあとにした村の者たちだろうか。それにしてはどの姿も、印象にないものばかりなのだけれど。

裾を引きずって、ルキニアスに手を取られたエイレーネが広間の中央に歩み寄ると、踊る一団はふたつに分かれる。一気にその数が倍に増えた、と思ったのは、彼らが寄った壁《かべ》はすべて鏡張りになっているのだ。

それを意識すると、広間はますます息を呑《の》むほどに広い。その中央に招かれて、エイレーネはおずおずと足を進めた。ルキニアスは、そんなエイレーネの歩に合わせてくれる。そんな心遣いが、嬉《うれ》しかった。

「わ、たし……」

「なんだ？」

ルキニアスに、ぐっと腕を引かれる。転びそうになりながらどうにかドレスの裾をたぐり寄せて、彼に寄り添う。腕が伸びてきて、腰にまわされた。

「きゃ、っ……！」

「おまえが、舞踏会というものを見たいと言うから開いてやったのだ」

でも、と言おうとして、ルキニアスに抱き寄せられる。彼の胸に顔をぶつけ、慌《あわ》てて見あげるとその唇《くちびる》の端《はし》が緩んでいるように見えた。

思わず、見とれる。そういえば、このようなルキニアスの表情を見たことがあっただろうか。少しばかり唇の端を持ちあげはしても、このように穏やかな顔つきなど。

記憶を巡《めぐ》らせるエイレーネは、手を取られてはっとした。

ルキニアスはエイレーネの手を取り、ステップを踏もうとしている。エイレーネは慌てて足を動かしたものの、多少練習したくらいでろくなステップなど踏めるはずがない。しかしルキニアスのリードは優しく、巧《たく》みだった。

「あの、わたし……！」

「おまえが気にすることは、なにもない」

ドレスや髪型はどれだけ豪華《ごうか》でも、この場で一番不格好なのはエイレーネだろう。この場にいるのが招待客だというのなら、恥《はじ》をかくのはルキニアスだ。エイレーネは声をあげようとしたけれど、彼女を引きずるように踊り始めた彼は気にした様子もない。

「ただ、楽しめばいい。おまえが思うとおりにな」

「は、……い……」

彼の優しい言葉に、ため息が洩《も》れる。まるで柔らかい雲の中にあるような感覚に固唾《かたず》を呑み、せめてルキニアスの足を踏まないようにと努めた。しかしルキニアスに手を取られているという思うと、その緊張も心地いい快感となってエイレーネの背を走る。

エイレーネの足取りは、せいぜい歩く足に毛が生えたほどのものだけれど、誰もそれを気にした様子はない。それも、エイレーネの気を安らがせてくれる。

エイレーネは、ルキニアスに取られた手に力を込めた。彼が少し目を見開く。その表情は、エイレーネがこのような場にあって喜んでいることを驚いているかのようだ。それにエイレーネは微笑《ほほえ》んだ。顔をあげ、まわりに視線をやる。

話には聞いたことのある、舞踏会というもの。貴顕淑女《きけんしゆくじよ》が着飾り優雅な音楽に合わせて踊る華やかな場。そのようなところに、自分が加わることになるとは思わなかった。

緊張しながらも、しかしルキニアスに手をとられて踊っているという状況が、夢のようだ。この美しい男が自分の手を取ってくれているなんて。まるで雲の上を歩くよ

うに、ふわふわと夢心地でエイレーネはステップを踏む。

どうだ、とルキニアスはエイレーネにからかうような表情を向けてくる。その笑顔もいままでのエイレーネを冷ややかに見つめるものとは違い、エイレーネの心は深い部分から寛《くつろ》いだ。

「素晴らしいです……」

きらめく宝石、輝く重ねられた布地。その光沢。身動きのたびに襞《ひだ》が色目を変え決して二度はない目も綾《あや》な模様を作るのは、まるでそうなるように計算されているかのようだ。その輝きに目を奪われ、エイレーネはため息をついた。

「……あら？」

重いドレスを引きずって、慣れないステップを踏んで。ルキニアスの言うとおり、付け焼き刃の自分が人の目を気にしても仕方がない。そう思って開き直れるようになったころ、目に入った違和感に気がついた。

「み、なさま……」

ルキニアスが、また目を細める。エイレーネは顔をあげて彼の視線を追い、やはり視界に入るのは奇妙な感覚ばかりなのだ。

「か、お……」

「……ああ」

まわりで手を取り合い踊る者たち。その皆が、顔を仮面で隠している。揃って白い、鳥の羽根を飾った目の部分を隠す仮面《マスケラ》。それが全員の顔を同じに見せ、この違和感を生んでいるのだ。

「気になるか？」

「少し……、で、も……」

こういう舞踏会もあるのかもしれない。エイレーネは舞踏会というものを酒場を訪れる者たちから噂《うわさ》に聞いただけだし、なによりもルキニアスがなんでもないという顔をしているのだ。いったん目にしてしまうとどうしても気になるけれど、こういうものだと思ってしまえばどうということはない。

「おまえが気になるというのなら、やめさせるが？」

「……え？」

ルキニアスは、エイレーネを抱きかかえた手をあげる。彼が空中で指を鳴らすと、ふいっと一陣の風が吹く。そして人の気配が、消えた。

「な、に……？」

思わず、懸命にステップを踏んでいた足を止めてしまう。張り巡らされた鏡の効果でさらに広く感じられる広間の中、なにもかもがしんと静まり返って、沈黙が肌《はだ》に痛いほどだ。

「なんなの……？」

広間にいるのは、ルキニアスとエイレーネのふたりだけだ。音楽もやんだ。ステップを踏む者たちの衣擦《きぬず》れの音もなくなり、エイレーネは見開いた目を震わせる。

よく見ると、踊っていた者たちの軌跡《きせき》にはなにかが落ちている。目を凝《こ》らすと、それは白い羽根だった。彼らがつけていた仮面を飾っていたような鳥の羽根だ。

「ルキニアスさま？」

「まぁ、このあたりが限界か」

彼が再び指を鳴らすと、耳がきんとした。走った痛みに身を震うと、まわりは見渡すかぎり鏡張りの、とても端まで歩いていくことなどできないと思っていた広間ではなくなっている。広いことは広いけれど、せいぜいルキニアスの部屋くらいの、とてもあれほどの人数が入る面積ではない。

「なん……、だったの、ですか……？」

「簡単な目くらましだ」

つまらなそうに、ルキニアスは言った。

「実用的ではあるがな。たいして興がることでもない」

華《はな》やかだったすべてが消え、あたりは静まりかえっている。床にはところどころに白い鳥の羽根が落ちていて、それは舞踏会の名残《なごり》を感じさせてくれた。

「あの、もしかして……」

しかしあのように広く麗《うるわ》しい場所に、自分は不似合いだ。もちろんこの部屋も、エイレーネの感覚でいくと充分に豪華だけれど、あの広間ほどの威圧感はない。

「……あの、羽根……。舘の、みんなも……？」

「ああ」

ルキニアスはエイレーネの手を引いた。鏡の壁に沿って置いてある椅子《いす》に座らせてくれる。ドレスは目にあでやかで美しいのはいいけれど、まとっていると重くて疲れる。本物の淑女はこのようなものを毎日着なくてはいけないのかと思うと、ただの村娘でよかったと思う。

「ルキニアスさまの、術で？　生きている人たちではないのですか？」

彼は、眉《まゆ》を微《かす》かに持ちあげた。きっと肯定なのだろうけれど、答えるのが面倒だというように見える。

しかしそのことを知ってみると、なにもかもに納得がいく。メイドやフットマンが、揃って似たような顔をしていること。機械仕掛けのように正確に動くこと。エイレーネの質問に答えず、まるで人形のように感じることがあること。

「じゃあ、……この舘の中で……生きているのは、ルキニアスさまだけ……？」

彼は、なにも言わなかった。座るエイレーネを見下ろす瞳には陰りひとつ見えず、だからこそエイレーネの胸にはせつなさが走った。

「だから……、花嫁《はなよめ》を求められるのですか？」

ひくり、と咽喉《のど》が鳴る。脳裏《のうり》をよぎるのは、ガラスの柩《ひつぎ》に収められたかつての花嫁たち。湧きあがるのは自分の収められる匣《はこ》もその横に置かれるのではないかという恐怖と——胸の奥に澱《よど》んでいる、自分でも理解できない感情。

それは恐怖なのか、胸の奥に潜む歓喜なのか。ルキニアスに永遠に所有されるということ、彼の視線を受け続けるということは歓喜であるような、同時に自分がどうなるかという恐怖でもあり、その二律背反に、エイレーネは大きく震えた。

「だから……ルキニアスさま、は……？」

ルキニアスは、エイレーネの問いに答えなかった。代わりに手が伸びてくる。それはエイレーネの白い手袋の嵌まった手首を摑《つか》み、強い力で引き寄せられる。均衡《きんこう》を失った体はもう片方の腕に抱きとめられて、あがりかけた声は唇に塞《ふさ》がれた。

「ん、……っ、……」

柔らかく、熱いもの。彼の体温が伝わってくる。エイレーネはぶるりと身を震った。そのわななきを押さえ込もうとでもいうように、くちづけが深くなる。濡《ぬ》れた部分が吸いつき合うように重なる。くちゅり、と音がして抱きしめられた体がますます震えた。

「っ、……あ、あ……っ……」

そうやって唇のみで触れ合うだけで、体の芯《しん》には火が灯《とも》った。重なった部分をくちゆりと擦《こす》られて、それだけの優しい刺激が身を突《つ》き抜ける。エイレーネの唇からは憐《あわ》れな声が洩れ出して、それをルキニアスの口腔《こうこう》が受け止めた。

柔らかく濡れた部分に吸いつかれ、舌がその痕《あと》を這《は》っていく。表面のざらりとした感覚を敏感に受け取ってしまい、背筋がぞくりとした。

「……く、……、っん、……」

ちゅくりと吸いあげられ、舐《な》められ、また吸われる。唇に、じんと鈍い痺《しび》れを感じる。それは、すでにエイレーネを犯《おか》し始めている酩酊《めいてい》の合図。ルキニアスの与える、愉悦《ゆえつ》の始まり。エイレーネはなにもかもを忘れてそれに酔《よ》うことを促され、意識はすべて彼に持っていかれてしまう。

彼の手が、背中を撫《な》であげる。ドレスの布越しに、手のひらを感じた。それは肩甲《けんこう》骨《こつ》あたりまでを隠したドレスの上を、そして剝《む》き出しになった肌を撫でた。同時に彼の歯が軽く柔らかい肉を噛《か》んで、エイレーネの体はひくりとわななく。

「や、ぁ……、っ、……」

噛まれる痛みが、じんとした痺れになって全身を走った。それは腰の奥で弾《はじ》けて、勢いをつけて燃えあがり始めている炎をますます大きくする。エイレーネはねだるように口もとを押しつけ、すると唇全体を包まれて強く吸いあげられた。

「……っ、う……、ん、っ……」

くちゅり、と濡れた音とともに唇がほどかれた。エイレーネのついた艶めいた吐息《といき》に、ルキニアスのそれが混ざる。ルルディの香りが広がる。それに胸の深い部分までを満たされて、エイレーネはまた息を吐《は》いた。

「あ、……っ、……」

ルキニアスの指が、背中のボタンにかかる。彼は片手でひとつ、ひとつを外していく。意識がそちらに向かい、すると引き寄せるようにまたくちづけられた。

吸いあげられて敏感になった唇に舌が這って、上下の間を舐め溶かされる。ぬるりと舌が入り込んできた。

唇の裏側を、前歯を舐めあげられて、すでに目覚め始めている神経が刺激される。椅子に座っている下肢《かし》がぞくりと震えた。エイレーネは腰をもぞつかせ、すると意識がそちらに持っていかれて、舐めあげられている歯は固く閉じたままだ。

そんなエイレーネを促すように、ルキニアスの舌が噛みしめた歯をノックする。はっと口を開くと、濡れた熱いものが入ってきた。それはぬるりと歯の裏を、歯茎《はぐき》を頬《ほお》の裏を舐めあげ、咽喉からくぐもった声が洩れる。同時に、呑み込みきれないしたたりが溢《あふ》れた。

「やぁ……、っ、……」

咽喉を、しずくが伝っていく。それが開いた胸にすべり落ち、乳房の間に痕をつけていくのと一緒に、ドレスの上身ごろが剝《は》がれ落ちる。

「……は、……、っ、……」

エイレーネの唇を奪いながらのルキニアスの手のひらが、背を撫であげた。肌が粟《あわ》立《だ》つ。それを確認するように何度も擦られ、すると肌の感覚はますます敏感になっていく。

咽喉を、続けざまに喘《あえ》ぎが破った。ルキニアスのくちづけはそれを受け止め、口腔を舐めあげることで応えてくる。じゅくり、とふたりを繫《つな》ぐ濡れた部分が音を立て、その淫《みだ》らな響きに大きく体を震わせてしまった。

「まだ、なにもしてやっていないのに」

くすり、と唇を笑いがすべる。エイレーネは体中を熱くして、その高さは腰の奥の炎につながる。揺らぐ火が、肌を内側から熱く焼いていく。

「もっと感じさせてやるのだからな……？　おまえが、自分を手放すくらいに」

「あ、あ……、っ、……」

ルキニアスの声が、震えて肌を擦った。それがたまらない刺激になって、エイレーネは腰《こし》を捩《よじ》る。

「それとも……、もう、感じてきたか？　そんなに、体をひくつかせて」

「……っあ、や……、っ……」

唇を重ねたままの彼の声に煽《あお》られて、エイレーネは何度も身を震わせた。その声の温度も侮《あなど》りも、今のエイレーネには燃えあがる炎を煽り立てるものでしかない。

大きな手のひらが、まとわりつくように肌をすべった。肩から背へ、ざらりと硬い感覚が落ちていく。体の奥からぞわぞわと痺れるような感覚が湧きあがる。エイレーネは、大きく背を仰《の》け反《ぞ》らせた。

「っ、……、あ、……、ん、っ……」

ルキニアスの手は、腋《わき》をすべってエイレーネの体の前に触れる。大きな手が、乳房に触れる。それぞれの手に膨《ふく》らみを包まれて、それだけでエイレーネは喘ぎをこぼした。胸の芯が、刺激を受けてきゅっと収縮する。それにぞくぞくと震える下肢は、ルキニアスの手に押さえつけられた。

「……、あ、……っ……？」

彼の手は、エイレーネの胸に触れていると思ったのに。少し涙の滲《にじ》み始めたエイレーネの目は、ルキニアスが椅子に座った自分の前にひざまずくのを見た。彼の手は締めたままのコルセットを這いあがり、再び乳房を包む。膨らみに指を絡ませ、指の間から顔を覗《のぞ》かせる乳首に、キスをする。

「や、……ぁ、あ……ん、……んっ……」

そこは、すでに痛いほどに尖《とが》っていた。刺激を求めて赤くなった胸の頂点は唇を受けて震え、その衝撃は体中にぱっと広がった。

「は……、あ……あぁ、……っ、……」

軽く唇を当てられただけで、エイレーネの体は如実《にょじつ》に反応する。痺れは伝わって、今はまだ白いドレスに隠れている下肢を辿《たど》っていった。そこがじんわりと濡れてきていることに、気がつく。

「……っや……、ルキニアスさま……ぁ……」

彼は、エイレーネの乳房を揉《も》みしだく。指はてんでに動いて不規則な刺激を与えてくる。真っ赤に色づいた乳首は愛撫《あいぶ》を求めて微かにわななき、彼の舌が少し触れるだけで、強烈な刺激となって体中を巡った。

「いぁ……あ、ああ、っ！」

ふっ、と熱い呼気を吹きかけられる。その曖昧《あいまい》な刺激でさえも、エイレーネの体には響く。ルキニアスは舌を出して先端をちゅくりと舐め、去った舌を惜《お》しむようにエイレーネが下肢を揺らすと、今度はくわえて吸ってくる。

「あぁ……、っ……、あ、あ……！」

彼は、少し力を込めただけだ。それなのに刺激は強烈な快感となってエイレーネの全身を貫き、思わず大きな声をあげて身を仰け反らせてしまう。

「堪《こら》え性《しょう》のない」

微かな笑いとともに、再び乳首を吸われた。右の尖りにきゅっと力を込められて、すると腹の奥の炎が燃える。左の尖りには指を這わされ、二本できゅっとつねられる。爪《つめ》が当たって微かな痛みとなり、エイレーネは身を震わせた。それを押さえ込むようにルキニアスは膝《ひざ》の上に肘《ひじ》を乗せて、エイレーネに身を寄せると乳房の谷間にキスをする。

「もう、濡れてきているのか？」

熱くなった肌に、ふっと呼気が塗《ぬ》り込められた。それが体に沁《し》み渡って、エイレーネも濃く息を吐く。ふたりの吐息が混ざって、目をつぶるとここはルルディの園かと錯覚《さっかく》するような香りが漂う。

「この、奥……濡らして、私をくわえ込みたがっているのか？」

「あ……、っ、……、は、……い……」

掠《かす》れた声で、エイレーネは返事をした。ひざまずいているので彼の瞳は目線の下にある。いつもとは違う角度で見る彼の目には、きらめく金が散っていた。それはいつもよりも明るく輝き、艶めいた色味を持ってエイレーネを貫いてくる。

「わ、た……、し……、っ……」

椅子の上に押さえつけられた腰の奥、脚の谷間はすっかり濡れていた。ルキニアスが乳首を吸い、つまみ、刺激を与えるごとに蜜《みつ》がしたたり、ドレスを汚していることはわかっている。それを訴えようと下肢を揺らしたけれど、押さえ込んでくるルキニアスの力の前には思うようにならない。

「見てやろう」

ちゅくん、と乳首を吸いあげながらルキニアスは言った。

「おまえが、どれほど濡らしているか……どれほど淫らに、男を誘っているか」

咽喉をひくりと鳴らして、エイレーネはルキニアスを見つめる。彼の赤い舌は、同じように情欲に染まったエイレーネの乳首を舐めあげて、彼が舌を引くと生まれた銀色の糸がふたりの赤くなった部分を繋げた。

「おまえが、ここでどれだけ濡らすか……直接触れられないで、達《い》くことができるのか。この目で、見てやろう……」

「い、ぁ……、ああ、あ！」

彼は少し口を開くと、エイレーネの乳首をくわえる。きゅっ、と強く力を込められた。ずくん、と衝撃が走る。エイレーネは思わず目を開け、声をあげた。

「……や、ぁ……、っ……」

椅子の上に押さえつけられている秘所が、確かに蜜を吐き出した。愛液はドレスに沁みて、椅子をも汚しているだろう。それを知っているはずなのに、ルキニアスは胸への愛撫をやめない。椅子に座っているエイレーネの前にひざまずき、まるで姫君に奉仕しているかのような体勢でいながら、どうしようもなく煽られているのはエイレーネのほうだ。

「達ってみろ、エイレーネ」

彼の舌が、ぬちゅりと乳首を這った。乳暈《にゅううん》までを唾液《だえき》まみれにされて、ふっと吹きかけられる呼気がぞくぞくとした刺激になる。エイレーネは小刻みに肌を震わせて、微かに揺らめかせた腰が、ぐちゅりと音を立てた。

「エイレーネ……、見せるんだ、淫らなところを」

「ふぁ……、っ、っ……」

彼の指は、柔らかい肉に食い込む。きゅっと力を込めて摑まれ、形を歪《ゆが》められる。中に走る神経が刺激を受け取って震え、エイレーネも身をわななかせて反応した。

「あ……、や、……っ、……」

両の手が、弾力のある乳房を潰《つぶ》しては撫《な》であげる。強い刺激と優しい愛撫、交互に与えられてエイレーネは身悶《みもだ》えた。耐えられないと咽喉を震わせ、もどかしいと腰を揺らす。そうやって強弱をつけて胸を揉まれると、その芯はだんだんと熱を持ち痛いほどに反応して、エイレーネをたまらなくさせる。

「……っふ……、っ、……っ、……！」

ぎゅ、と力を込められて、声が洩れた。ぞくぞくっと刺激が走る。エイレーネはルキニアスの腕を握《にぎ》ったけれど、彼の力はそのようなことでは緩まない。それどころかエイレーネの手は彼の動きを促しているかのようで、彼の指が乳首をつまんできゅっと捻《ひね》ったのに、思わず力を込めてしまう。

「ここを、ほしがるか……？　もっと、と……」

「や、……ぁ、……、ちが、……、っ……」

エイレーネの下肢は力を失って崩《くず》れ、まともに座っていられない。胸にかかるルキニアスの手が辛《かろ》うじて支えになっているものの、それはエイレーネの性感を追い立ててしきりにうごめき、エイレーネの姿勢はますます崩れてしまう。

「ここ、だけ……、や、ぁ……っ……、な、の……」

途切れ途切れの声で、彼に訴える。ルキニアスは目を細めた。ぎゅっと、乳房を摑む手に力が入る。エイレーネは掠れた嬌声《きょうせい》をあげた。ルキニアスは薄い笑みを浮かべたまま、顔を胸もとに寄せてくる。その唇が開き、尖った右の乳首を挟む。そして、きゅうと力を込めて吸いあげられた。

「っあ……、ああ、あ……っ……！」

ずくん、と体中に痺れが走る。つま先までに力が入り、エイレーネは大きく身を反らせた。ルキニアスの腕を摑む手には、貫く快感をこらえようと力がこもる。そんな彼女をなおも追い立てようとでもいうように吸い立てる強さは増して、体の中で炎が大きく暴れ出す。

ルキニアスの手は、エイレーネの乳房を揉み続けた。まるでその柔らかさを味わおうとでもいうように。さらにエイレーネを追いあげようとでもいうように。

「……や、……、っ、あ……、っ……」

椅子の柔らかい背もたれに身を委《ゆだ》ね、エイレーネは荒い呼気を吐いていた。吸いあげられ、唾液まみれになった乳首から、くちゅりと唇が離れる。その与える刺激にさいなまれていたはずなのに、遠のいてしまうとせつなさが体を走り抜ける。

エイレーネは、ひくりと咽喉を鳴らした。そんな彼女をなだめるように、ルキニアスの舌は乳房の形をなぞり、その谷間に痕をつけて舐めあげていく。粟立った肌を辿られて体が小刻みに震えた。

彼の唇は、もうひとつの赤く尖った乳首をくわえる。そっと柔らかく、挟み込まれる。ぞくぞくっと悪寒《おかん》のような感覚が腰に走った——そんなエイレーネを追いあげるようにルキニアスは口腔に力を込めて、ひときわ強く乳首を吸いあげる。

「っあ……、あ、……ああ、あ、あっ!」

エイレーネは、強く身を反らせた。体が引きつる——全身に、雷《かみなり》のような刺激が走る。目の前が白くなり、下肢に燃える炎がその舌を大きくひらめかせる——それは体中を焼いて、エイレーネの体温は確かにあがってしまったに違いない。

「あ、あ……っあ、あ……あ、あ……ああ！」

どくり、どくりと大きく心臓が跳ねる。それは激しい鼓動《こどう》を繰り返して、今にも胸を破って飛び出してきそう——まるでそれを待っているかのように、ルキニアスはしきりに左の乳房に触れては指の痕をつけ、乳首を吸っては舌で潰し、エイレーネの膨らみをもてあそぶ。

「ここだけで、達けたか……？」

彼は、乳首にかりりと歯を立てた。敏感になった体はそれにも如実に反応し、エイレーネは椅子の上で身を跳ねさせる。擦れ合った両脚の、谷間がぐちゃりと音を立てた。

「あ、……、は、……、……っ、い……」

切れ切れの声で、返事をする。熱く燃えあがるような肌、大きな勢いをあげている腰の奥の炎、軽く咬まれるだけで反応する尖った乳首——そしてなによりも、流れ落ちるほどの蜜を溢れさせた秘所。

「では、どれほど感じたのか見せてもらおう」

ルキニアスは、手を返してエイレーネの手首を摑んだ。ぎゅっと引っ張られる。もう一方の腕は腰にまわり、エイレーネは震える足で立たせられた。

「や、ぁ……、っ……！」

彼はエイレーネの手を引くと、壁に押しつける。彼の指がコルセットのリボンをほどき、それは体をすべり落ちた。同様に体から剝がれ落ちたドレスも床に波打って、その中で壁に全身を預けてエイレーネは立っている。

「いや、こ……、ん、な……、っ……」

ひやり、と冷たい感覚が伝わってくる。はっと前を見ると、焦点が合わないほど近くに青い瞳がある。それが自分のもので、身をもたせかけているのは一面の鏡——ここは、鏡の間だったのだ。

「や、っ……やぁぁ、あ……」

しかしエイレーネの声は、後ろから抱きしめてくるルキニアスの腕、重なってくる体の熱さに途切れてしまう。乳房が鏡に押しつけられて、形を潰されて尖った神経が敏感に反応する——その感覚が体の中心を這って、鏡に貼《は》りつけられたようになりながら、エイレーネは懸命に荒い息を抑えていた。

「いや、……ルキニアスさ、ま……、こ、んな……の……」

「おまえの白い肌に、よく映《は》える」

ルキニアスは、エイレーネの首筋に唇を落としながらそう言った。

「ほら……自分の体が、よく見えるだろう？　顔が……どのような表情をしているのか。私に抱かれているおまえがどのようなのか、よく見ておくといい」

「や……、いや、……っ、……！」

エイレーネは身悶えたけれど、ルキニアスの力の前には蝶《ちょう》の羽ばたきにも満たない抵抗だ。彼はそんなエイレーネを笑って、鏡の上で潰れた乳房に触れてきた。

「ひぅ……、っ、……っ……」

すくいあげるようにされて、鏡に押しつけられる。磨《みが》かれた表面に乳首が擦れて、奇妙な感覚が伝ってくる——彼はそのまま片手をすべらせ、みぞおちを肋骨《ろっこつ》を、臍《へそ》を腹部を撫で下ろし、エイレーネの肌を粟立たせる。

彼の指は、鏡にはっきりと映っているエイレーネの下肢の茂《しげ》みに触れた。髪と同じ色の淡いそこに彼の白い、しかし男の強さが感じられる指が絡む。

「……っや、……、っ……」

それは戯《たわむ》れのように茂みをかき混ぜ、そしてその奥にすべり込む。彼の指先が、秘芽に触れる——びくん、とエイレーネは下肢を震わせた。ただでさえ達したばかりで力の入らない脚は、力を失って膝で折れてしまう。

「あ、……、っ、……！」

はっ、と気がついたときにはエイレーネは、足もとに波打っているドレスの上に腰を落としていた。それをルキニアスが後ろから支えている。

目を見開くと、鏡にルキニアスに抱かれた自分が映っている――両脚を拡《ひろ》げて、彼が指を這わせている蜜園がはっきりと映っている――。

「やぁ……、っ、あ……」

「ほら、よく見るといい」

耳もとに、ルキニアスの吐息がかかる。その痕を舐めながら、ルキニアスは楽しげに言葉を綴《つづ》った。

「ここが、おまえがいつも私を受《う》け挿《い》れる場所だ……ぐちゃぐちゃに濡らして、私を悦《よろこ》んで呑み込んで――強く、締めつけるところ」

「やめ、……、っ、んな、こ……、と……」

エイレーネは、ふるふると首を振る。髪を留めていた櫛《くし》が抜け落ち、かちんと床に転がった。ふぁさり、とエイレーネの銀色の髪が広がる。それは受ける刺激を示すようにふるふると揺れていて、そこにルキニアスがくちづける。

「髪を結いあげて、澄《す》ました顔をしているおまえよりも……」

彼の指は、尖り始めている芽に這う。根もとから先端を人差し指で撫であげ、爪先で小刻みにくすぐる。

「やぁ、あ……、あ、ああっ！」

「こうやって、下ろしているほうがいいな……このほうが、より淫らに……おまえの本質がよく感じられる」

「っあ……、や……、ああ、あ……っ……」

　エイレーネは首を振った。銀の髪が揺れる。それが鏡に映るのを目に映しながらも、そこにいる、大きく脚を開き後ろから男に抱かれた女が自分であるなどとは思いたくない――。

「ほら、こうやって触れてやる。追いあげて……また、達かせてやる」

「ぃう、う……っ、あ、あ……あ、っ！」

　茂みの中の指が、うごめく。それは尖った芽をつまみ、きゅっと捻ると、爪先で弾く。溢れ出す蜜を指先に絡め、塗り込めるようにする。ぬるぬるとしたそれを指先で挟んで何度も扱《しご》き、すると感覚が鋭敏になる。感じる快感が大きくなる。

「やぁ……、や、っ……、ぅ……」

「ちゃんと見ていろ」

　ルキニアスの手はすべり、エイレーネの左の乳房に触れる。ぎゅっと摑まれて、ひくりと腰が反応した。すると芽に触れている指にぐっと力が入り、表皮に隠れた赤い実が見える。

「おまえが、どれほど淫らな体を持っているか……どのように私を惑わせるのか、よく見ておくんだ。自分の視線に、焼きつけろ……」

　彼の、白い指が芽をつまむ。きゅっと擦られると、つま先までが反る刺激が伝ってくる。エイレーネは掠れた声を洩らし、そんな彼女を追い立てるようにルキニアスの指は巧みに動いた。

「やぁ……、っあ、あ……、ああっ！」

　じゅく、じゅくと濡れた音が立つ。ルキニアスの人差し指と親指は芽をいじり、それ以外の指が蜜園を掘り起こしている。二重の快感が伝い来てエイレーネは身悶え、その体をルキニアスの腕がしっかりと支えていた。

「い、……ぁ、あ……、っ……、っ……」

　彼の指が動くごとに、快感は大きくなる。その指が器用にうごめいて、秘芽の皮を剝き下ろしているのだ――中からは、薔薇色に染まった敏感な箇所が顔を出す。直接触れられずとも空気に触れるだけで感じ、蜜がぶわりと溢れ出す。

　彼の指は焦《じ》らすように、少しずつ皮をめくっていった。その間にも園を荒らす指は止まらず、激しい刺激ともどかしい感覚に、エイレーネの呼気は乱れて掠れた。

「も、……、や……、っ、……ぁ……」

　ふっ、とルルディの香りの呼気がかかる。それはエイレーネの頬をすべり、それにもまざまざと感じさせられた。エイレーネは大きく体を震い、すると芽に這う指がぬるりとすべり、どうしようもなく敏感な部分を擦られてしまう。

「あ、あ……ああ、あっ！」

ルキニアスに抱きしめられたまま、エイレーネは声をあげる。自分の嬌声が体に響く——エイレーネはひくひくと腰をわななかせ、するとまたルルディの呼気が耳をすべった。

「達くか……？」

彼の甘い声は、身の奥にまで沁み込んでくる。エイレーネは唇をわななかせ、咽喉声で彼に応えた。

「達くのなら……言え。極上の世界に連れていってやる」

「やぁ……、っ、あ……、あ……ああ、っ！」

男の指が、剝き出しになった芽を擦る。それはかすめた程度の淡い刺激だったけれど、敏感すぎる場所には過ぎる愛撫だった。びりっ、と腰に雷が走る——エイレーネは腰を捻って過剰《かじょう》な快楽から逃げようとし、しかしルキニアスの力がそれを許さない。

「っあ、あ……っや……、やぁ……っ！」

「それとも、これだけでいいのか？　こうやって、撫でてやるだけで……」

「いぁ、あ……あ、ああっ！」

エイレーネのつま先が、宙《ちゅう》で泳ぐ。ルキニアスは手を伸ばしてエイレーネの腿《もも》をすくい取り、がしりと腰に当てて固定してしまう。すると彼の指が這いまわる蜜園がよりはっきりと鏡に映り、エイレーネは息を呑んだ。

「こうやって……焦らされるのがいいのか？　ここはどんどん蜜を流して……もっとねだっているようだがな」

薔薇色に染まった秘所。複雑に花びらが重なり、その中で今にも花開こうとする蕾《つぼみ》のように赤く染まったところ。そこをからかうようにつつかれ、きゅっとつままれては擦られて。エイレーネの声は掠れて、返事をする余裕もない。

「どうなのだ、エイレーネ」

くちゅり、ちゅく、と水音があがる。彼はことさらにゆっくりとかき混ぜ、したたる蜜をすくいあげた。それが糸となって指と蜜園を繋げる光景があまりにも淫靡《いんび》で、しかし目が離せない。

「エイレーネ……」

ふっと、呼気をかけられる。淫蜜の糸がぷちりと切れたと同時に腫《は》れた芽の根もとをつままれ、きゅっと力を込められる。エイレーネの体はびくびくと震え、声は音にならずに咽喉を抜けていった。

「……っ、あ……、あ……、っ……」

ルキニアスの唇が耳を這い、歯を立ててきちりと縁を噛む。びくりと大きく体が跳ねる。同時に彼の指は守る皮のない赤い芽をざらりと擦って、すると下半身の奥の炎がざわりと燃えあがった。腹の奥を焼かれる衝撃に、背を大きく仰け反らせる。

「や、ぁ……、っ、っ……あ……！」

敏感に震える体を、ルキニアスの腕が受け止めた。快感から逃げたいのにその先は彼の力強い手によって阻《はば》まれて、愉悦は体の中を流水のように巡る。

「いぁ、あ……あ、あっ……」

ルキニアスの指は、なおも芽をもてあそぶことをやめない。つまみ、軽く引くとひねり、溢れる蜜を擦りつける。そこはますます赤く膨れて敏感になって、彼の腕の中でエイレーネは身悶えした。

「っや、……やぁ、あ……、ああ、あ……」

ずくん、と体の芯が震える。彼の指がすっかり皮を剝き下ろし、守るもののなくなった秘芽は男の肌に擦られ、激しすぎる刺激を受けて震えた。

「あ、だめ……、っ、く……、く、る……、っ……」

ぶるりとエイレーネは身震いする。体の奥を、熱いものが走る——その予感にわななく体は、ルキニアスの腕に包まれてますます高められる。

「だ、め……、っく、……い、く……っ」

「達け」

ひぁ、とエイレーネの咽喉から嬌声が洩れる。体内の熱は腰を焼いて貫いて、そして脳を沸騰《ふっとう》させて抜けていく——ああ、と甲高い声が咽喉を裂いた。同時に、腰が大きくびくんと揺れる。体内を駆け巡っていたものが強く勢いをつけて放たれたような感覚——ぱしゃん、と耳慣れない水音がした。

「は、……、っ、は……、ぁ……っ……」

息が荒い。今にも心臓が飛び出してしまいそうな激しい衝動に耐えきれず、エイレーネは激しく肩を上下させた。目もとに、柔らかいものが押し当てられる。切れ目のない荒い呼気を繰り返しながら、エイレーネは微かに目を開けた。

「わ、……、た、し……」

「おまえが、汚したんだ」

目の前の鏡には、体中を火照《ほて》らせた女の姿がある。男に後ろから抱きしめられていて、脚を大きく開いていて。目を逸《そ》らせようもないくらいはっきりと映った秘所はぬるぬると潤《うる》んでいて、そして鏡には粘《ねば》ついた液が伝っていた。

「や、ぁ……、っ……！」

エイレーネの肌が、かっと熱を帯びた。よもや、感じすぎて粗相《そそう》をしたのでは——

しかしルキニアスの声が、耳の敏感な神経を通って聞こえてくる。

「心配しなくてもいい。粗相ではない……おまえが、体の底から感じたことの、証《あかし》だ」

「あ、……、っ……、っ……」

目を大きく見開いて、エイレーネは鏡の汚れた部分を見ていた。しずくがしたたり落ちるのは、大きく拡げられぱくりと口を開けた蜜園も同じだ。髪と同じ色の茂みには点々と愛蜜のきらめきがついていて、その艶が秘所をますます淫猥《いんわい》に見せる。

「ここも……、ますます、柔らかくなって」

ルキニアスの指が、赤く腫れた芽を擦り下ろしながら蜜口へと這う。まだ敏感すぎる体は彼の指の腹の刺激にもびくびくと震え、そんなエイレーネの体の反応を楽しむように、彼はことさらにゆっくりと濡れた谷間に触れた。

「いぁ……、っあ……、ああ、ん、っ……」

「ほら。簡単に挿《はい》る」

ぐちゅり、という音とともに指が挿ってくる。エイレーネはひくりと体を震わせた。三本がまとめられても、そこは悦びに震えて太さを受け止める。

肉がわななき、エイレーネは咽喉を鳴らした。内壁《ないへき》は充分すぎるくらいに潤《うるお》っていて、ぬくりと挿り込んでくるものを誘い込む。

「ふ……、く、ん……、っ……、っ」

「ぬるぬるだな……中から、まだ蜜が溢れてくる……」

くちゅ、くちゅと音を立てながら彼は指をうごめかせる。そのたびにエイレーネはひくひくと腰を震わせ、咽喉からは掠れた喘ぎが洩れる。指が少しすべり込んでくるだけで、反応はなお顕著になった。ひく、ひくと声が震える。エイレーネの神経は、すべてが快楽を感じるためだけにあって、それを与えるのはルキニアスしかいない。

「ひぁ……、ああ……、ん、っ……、っ……！」

「あれだけ達ったというのに、まだ濡れるか」

ずくん、と指が挿ってくる。三本の根もとまでを呑み込んで、エイレーネはひっと肩を震わせた。ぐちゅり、と中をかき混ぜられる。媚肉《びにく》は悦んで絡みつき、また腹の底が熱くなるのがわかった。期待して、淫壁が蠕動《ぜんどう》している。

「中も、動いて……痛いほどに締めつけてくるな」

「ああ、……は、や……、っ……」

大きく脚を拡げたまま、エイレーネは声をあげた。体を反らせるとルキニアスの腕に抱きとめられる。それが体をすべり粟立った肌を撫で、そして彼がふたりの体の間で手をうごめかせるのがわかった。

「ルキニアスさ、ま……、っ……」

はっ、とエイレーネは息を吐く。双丘《そうきゅう》に押し当てられたのは、高すぎる熱――それがエイレーネを翻弄《ほんろう》し、深くを抉って悦ばせるものだということを肌で感じ取って、また大きな呼気を吐き出した。

「はや、……、っ、……く……っ、ん……」

「急《せ》くな」

熱いため息でエイレーネに応えたルキニアスは、その秘所から指を抜き出した。じゅくん、という音とともに呑み込んでいたものが失われる——エイレーネは、大きく身を震った。せつなさが体中を走り抜け、しかしすぐに押し当てられたものに目を細め、エイレーネも熱い呼気を吐く。

「あ、あ……、っ、……、ん、……、っ」

じゅくり、と蜜口が押し伸ばされる——敏感な神経が反応した。エイレーネはひくんと大きく腰を跳ねさせて、挿り込んでくる熱杭を受け止めた。

「いあ……、っ、ん、んっ、……、っ……」

はっ、とルキニアスが耳もとで熱い呼気を洩らす。それにも肌を震わせられてエイレーネは大きくわななないた。その間にも彼の熱は、少しずつ挿ってくる——蜜襞が拡げられる。溢れる愛液が彼に絡みつく。

「ああ、……っ、う……ん、……っ！」

「は……、っ……」

ふたりの艶めいた声が絡みつく。ふたりの交わる姿が、目の前の鏡に映っている。

耳は彼の熱っぽい呼気を聞きながら、エイレーネの目は鏡から離れない。

ふたりの繋がった場所からは蜜液がたらたらと流れ、微かに泡立っていて目にするだけで淫猥だ――彼の欲望は血管が浮いて見るからに逞《たくま》しく、それが自分の中に挿ってくるのは、直接感じる刺激と同時に視覚からも犯された。

「どうだ、自分が穢《けが》されていく姿は……？」

エイレーネの耳を舐めあげながら、ルキニアスがささやく。

「おまえの秘密を、抉ってやっているんだ……おまえのすべてを、暴く……」

彼の熱を孕んだつぶやきに、エイレーネは嬌声で応えた。内壁が擦られて、快感が伝わってくる――指の先までが、わななく。濡れた唇を痙攣《けいれん》させながら、より深くまで彼を受け挿れる。

「おまえを、穢して……堕《お》とす、ために……」

「っあ、……キ、ニア、ス……さ、……ぁ……」

ずん、と感じる部分を突かれた。咽喉がひくつく。肌が震える。呑み込む部分には力が籠もり、彼の欲望を食い締める蜜口のわななきが鏡に映っていた。

「おまえの……、白い魂《たましい》……」

それは、ささやきよりも微かな声だった。全身の神経が逆立つ快感の中になければ、気がつかなかったかもしれない――ルキニアスは手を伸ばし、エイレーネの左胸を摑んだ。拡げられていた脚が、片方だけ解放される。そのことに呑み込む角度が変わり、エイレーネはあえかな声を洩らした。

「な、にを……、っ……、ぁ、あ！」

ぎゅっと、乳房を摑まれる。まるで引きちぎられてしまいそうな痛み——それが体中に伝わって、エイレーネはつま先までを痙攣させた。痛いはずなのに、それは快感とあまりによく似ていた。ルキニアスと繋がった部分から、たらりと蜜がまた溢れる。

「なおも感じるか……？　淫乱な、女」

「あ、あ……、っ、ああ、っ！」

乳房の芯に走る快感が暴れ出す——同時にずくん、と深くを抉られて、エイレーネは高い嬌声をあげた。

「これだけ、穢れて……、ますます……」

「ルキ、ニア……ス……、さ、っ……ぁ……」

彼の、不思議な言葉——エイレーネを混乱させる声。その意味を尋ねたいと願うのに、口は思うようにはならない。ただ乱れた声をあげ、その端からしずくをこぼしながら、エイレーネは懸命にルキニアスの瞳をとらえようとした。

「ああ、……あ、っ、……、っ……」

闇《やみ》のような黒、ちりばめられた金色——その目は、じっと鏡に注がれている。彼の左手が摑み、押し潰す柔らかな丘――その奥で、激しく鼓動する心の臓。

「いぁ、あ……、あ、ああ、あ！」

最奥《さいおう》に至る隘路《あいろ》、そこにある敏感な突起を擦りあげられた。指では決して届かない場所だ。それだけにそこは感じやすく、エイレーネはひくひくと腰を震わせる。

「いまだ……、堕ちぬ……」

「っあ、あ、……ああ、……ん、んっ！」

ずりゅ、ずりゅとそこを突かれる。全身に強烈な痙攣が走った――エイレーネは全身をわななかせる。うまく呼吸ができなくて、胸をしきりに喘がせる。

　それを押しとどめようとでもいうようにルキニアスの手はしっかりと左の乳房を押さえていて、それが心臓の鼓動の邪魔《じゃま》をする――エイレーネを、ますます苦しくさせる。

「ひぁ、あ……んぁ、あ……、っ、ん、！」

灼熱《しゃくねつ》がじゅくりと引かれ、突き立てられて擦れあがり、蜜肉を焼く。その熱さが体内を駆けのぼって、咽喉奥までが焼かれていく――それにも呼吸を奪われて、エイレーネは何度も胸を上下させた。

跳ねる心臓を摑み取ろうとでもいうように、ルキニアスの指が食い込んでくる。その痛みに喘ぎながらエイレーネは手を伸ばし、彼の手に重ねる。どく、どくと鼓動する心臓が感じられるような気がした――脈打ち、全身に淫らな血を送る器官は強く律動し、エイレーネをますます高めていく。

「……っ、あ、あ……ああ、あ……、っ、……！」

感じるところを擦りあげ、彼の欲望は最奥を突く――ずん、と凄《すさ》まじい衝撃が来て、頭の中が白くなる。掠れた声が洩れ出して、激しく胸を上下させて。本当に、心臓が飛び出してしまうかもしれない――そして、彼の手の中に。

「いぁ、あ……、ああ、……っ……ぁ！」

じゅくんと引き抜かれ、また突きあげられた。媚肉が擦られる、蜜が溢れてからめとられ、感じるところを突かれて、また最奥を抉られた。

「ふ、ぁ……、あ……あ、あ、……っ、……！」

ルキニアスの腰を支えていた手がすべって、繋がった部分に触れてくる。拡がりきった蜜口を、そして皮を剝かれて尖り、ひくついている芽をくすぐってきて、その刺激に腰が大きく跳ねた。

「いぁん、……ん、っ……、や、ぁ……」

内側を犯される感覚と、外側に触れられる衝撃。今までのように支えてくれる腕を失って、エイレーネの体は不安定に揺れた。支えを求めた手が触れたのは、目の前の鏡だ。ひやり、と冷たい感触が伝わってくる。エイレーネはぞくりと身を震わせ、すると背中に、熱い呼気が吐かれて広がった。

「っ、う……、ん、ぅ……、ん、んっ……！」

繋がった部分に力が籠もり、それを振りきるように彼の欲望が育つ。隘路いっぱいに呑み込まされ、苦しさにエイレーネは喘いだ。しかしあがる声には艶が満ち、体はそれを悦んでいるというのがわかる。

だからこそ、これ以上の快楽が恐ろしかった——壊れてしまう。体の奥から破裂して、エイレーネの体が決壊してしまう——そんな錯覚に襲われて、エイレーネは大きく身を震う。

「やぁ……、っも……、い、……っぱ……、い……」

腰を捩りながら、エイレーネは啜《すす》り泣くような声をあげた。接合部が、ぐちゅ、ぐちゅと音を立てる。淫らな嬌声がそれに絡み、頭の中は淫猥な色で満ちあふれた。

「だめ……、っあ、あ……、だ、め……」

鏡にぴたりと上半身を押しつけたまま、エイレーネは腰を揺らして喘ぐ。右の乳房は鏡に押しつけられて形を変え、左はルキニアスの手に摑まれたまま——その奥を探るような彼の手が、辛うじてエイレーネがその場にくずおれてしまうことを防いでいる。

「も、……や、ぁ……だ、め……、っ、……」

「なにが、だめだ」

ずくん、と突きあげながらルキニアスがささやいた。

「中は、ますます絡みついてくるぞ……？　私を離さないと、痛いほどなのに」

「やぁ……、ん、……っ、う……、ん、んっ！」

音を立てて引き抜かれ、強く突き立てられた。太すぎる質量を無理やりに突き込まれ、媚肉が捏ねられて蜜が絡む。ぐちゅりという音とともに内壁を擦りあげられ、感じる部分を強く刺激されて下肢が跳ねる。それを追いかけてさらに深くを抉られ、引きつった体は最奥を突かれてまた反応した。

「い……、ぁ、あ……あ、ああ、んっ……！」

はぁ、はぁ、と吐く息が鏡を曇《くも》らせる。肌に浮く汗が磨かれたそれを伝って、したたり落ちた。

「エイレーネ……」

掠れた声で、名を呼ばれる。彼の呼気が、敏感になった背に触れる。それにもびくりと反応しながら、エイレーネは乱れた呼吸で返事をした。

「おまえの中を、穢させろ……」

ルキニアスが、頬を背に擦りつけてくる。左手は乳房に、右手は繋がった部分を擦り立てながらの彼の荒い息が、肌をすべって鋭い愛撫となる。

「おまえの、魂を……、黒く……染めて……」

「ああ、……あ、あ……っ、あ、ああっ！」

きゅっと、剝き出しになった秘芽を擦られる。爪を立てられて下肢が震え、それを追い立てるように膣内《なか》を抉られた。ひく、ひくと震えるエイレーネの腰に、手がすべる。逃げないようにとでもいうように押さえつけられて、そして強く突きあげられた。内壁が反応する。媚壁が震える。子壺《こつぼ》に至る口がわなないて、彼を締めつける——それを破るように突き立てられた。乱暴に、まるで自分の快楽だけを追いかけるような動きはエイレーネをも追い立て、激しすぎる抽挿《ちゅうそう》に声が掠れる。

「やぁ……、っ、く……、いく、……、っ……、く……！」

背中からの熱い吐息に押されて、エイレーネは全身を震わせた——ぞくり、と汗に濡れた肌が冷えきるような強烈すぎる絶頂——頭の芯までを、白い光が駆け抜ける。そして体の奥に放たれたのは、逆に火傷《やけど》しそうな灼熱だった。

「……っあ……、っ、……ぅ……、っ、っ……」

声が出ない。指の先まで痺れている。エイレーネは、縋《すが》りついていた鏡からずるずると体をすべらせた。繋がった部分が角度を変えて、今まで刺激されなかった部分を擦られてまた反応する。そんなエイレーネの体を抱きとめ、ルキニアスは繋がったまま脚を入れ替えて正面に向かい合った。

「ひ、ぅ……、ん、……、っ、……」

その拍子に、接合部が捻られて声があがる。感じすぎた体は力を失い、男の胸に倒れ込んだ。汗ばんだ肌は、やはりルルディの香りがする。ふたりの体は絨毯《じゅうたん》の上に横になり、エイレーネはルキニアスの胸に頭を寄せた。

「……、……あ」

彼の左胸からは、どくん、どくんと跳ねる音が聞こえる——心臓の音。エイレーネの胸も同じように跳ねている。鼓動は重なり合い、まるでふたりがひとつの心臓を共有しているかのようだ。

エイレーネは、ため息をついた。触れるルキニアスの肌は、熱い。汗ばんでいるのがわかる。しきりに上下する胸に触れながら、エイレーネはまた息を吐いた。

「ルキニアスさま……」

途切れ途切れの声で、エイレーネはつぶやいた。彼の手が伸びてくる。エイレーネの背に、触れる。撫であげられて、エイレーネは微かな声を洩らした。

「あなたは……、本当に、悪魔なのですか？」

つぶやきは、ルキニアスには届かなかったのか。彼は黙ったままだった。愚《おろ》かなことを尋ねたかもしれない——エイレーネは口をつぐみ、伝わってくる鼓動を聞いていた。

金色のかけらを宿した瞳。不思議な術を使い、さまざまなまやかしを見せること。なにもかもが不思議なことばかりなのに、感じられる肌は熱く、心臓は鼓動を刻んでいる。深々とエイレーネを犯したままの熱杭さえもどくどくと脈打って、エイレーネに生きている熱さを伝えてくる。

「わたしとは……、違う、生きもの……なの……？」

そう思うと、胸がずくりと痛んだ。深く息をつくことでそれを逃がし、しかし落ち着きなく跳ねる心臓に突き刺さったような痛みは、去ってくれない。

ルキニアスは、なにも言わなかった。ただ胸にエイレーネを抱いて、低く息を吐いている。ルルディの香りの呼気。それさえもが不思議なのに、しかし彼は確かにここにいて、エイレーネの目には違う種族であるなどとは見えないというのに。

「わたしたちの間には……、なにが、あるの……？」

ささやきは、ゆっくりと宙を漂《ただよ》う。エイレーネが見あげると、ルキニアスの瞳と重なった。闇のような濃い色の中、きらめく星がある。それがいつも以上にまばゆく輝いているようで、エイレーネは見とれた。

その目が、ふと細められる。ぎゅっと胸を摑まれるような表情だった。エイレーネは少し体を起こしてそのまなざしを見やり、拍子《ひょうし》に繋がったままの部分が擦れて、掠れた声をあげてしまう。

（……痛い）

エイレーネは、左胸に手を置いていた。赤い痕は、ルキニアスの指だ。しかしこの痛みは、刻みつけられた痕のせいではない。胸の奥、どくどくとうごめく心臓から伝わってくるものだ。

「教えてください……」

そっと、エイレーネはつぶやいた。

「わたしたちの間には……どんな違いがあるのですか？　あなたは……こんなに、熱くて、温かくて……わたしと、ちっとも変わらないと思うのに」

ルキニアスが、右手を持ちあげた。はっとしたエイレーネの左胸に、それが押しつけられる。まだ芯が疼いている乳房を摑まれて、思わず声があがった。

「……ルキニアスさま、……」

掠れた声で、彼を呼ぶ。ルキニアスは黙ったまま、エイレーネの乳房の柔らかさを味わうように微かに指先をうごめかせた。エイレーネは呼気を荒くしてしまい、懸命にそれをこらえる。

「あな、た……、は……」

はっ、と熱い呼気とともに、エイレーネは問うた。

「わたしに……なにを、求めていらっしゃるのですか……？」

言葉は、うまく形にならなかったかもしれない。エイレーネが乱れた息を吸って、もう一度問おうとしたとき、低い声が聞こえた。

「おまえの、白く穢れない心臓を……」

どくり、と胸が跳ねる。エイレーネは目を見開いた。

「……私が、天界に戻るために」

「天界……？」

エイレーネは眉根を寄せた。それ以上、ルキニアスはなにも言わなかった。エイレーネと目を合わせることもせず、ただ虚空《こくう》を見やっている。

「ルキニアスさま……？」

天界、とは――エイレーネが毎週、教会で聞いていた説教に出てくるところだろうか。いと高いところにあり、神とその使いたちが住むという。しかしルキニアスは、悪魔伯爵《はくしゃく》ではなかったのか――少女たちを次々に殺し、柩に収めてしまうような。そんな彼の口から、なぜ天界などという言葉が――。

エイレーネは身じろぎした。くわえ込んだままの熱さに息を呑み、それでもそろそろと体を起こす。ちゅくん、と音がして、ふたりの蜜液が絡まり合って落ちた。それをぞくぞくとした感覚とともに感じ取りながら、ルキニアスの顔に目をやる。

（ルキニアスさま……、っ……）

思わず息を呑む。彼は強く眉根を寄せて、苦悶《くもん》の表情を浮かべていた。彼の手が触れている肌を破って、心臓を摑んだのではないかと思うような強烈な痛みが走った。先ほどの比ではない。エイレーネは瞠目《どうもく》して彼を見つめ、ルキニアスはその視線から逃げるように目を逸らせた。

（わたしが思うような、『悪魔』なんかじゃない……）

エイレーネは、乳房を摑むルキニアスの手に自分のそれを添える。手を重ねて押さえつけるようにした。するとルキニアスはますます辛《つら》そうに、決してエイレーネと目を合わせない。

頭の中を、ガラスの柩がよぎる――中に収められた少女たちが。それは思い出すだに恐ろしい光景なのに、しかしルキニアスを恐ろしいとは思わない。あの柩の部屋が、ルキニアスと関係がないはずはないのに、彼を恐怖する気持ちは浮かばないのだ。

（どうして……？）

そんな自分が不思議だった。あの少女たちを見たときの気持ちは今でも鮮やかに蘇《よみがえ》ってくるのに、あのときも、そして今も――ルキニアスに対する脅《おび》えはない。

「……はい？」

微かに、彼が唇を動かしたように思った。エイレーネは答え、すると視線がかち合った。黒の闇の中にきらめく、金。その美しさに改めて目を奪われながら、ぬめって繋がった下肢ばかりではなく、瞳でも彼と結ばれる。

ルキニアスさま、とエイレーネはつぶやいた。彼の手は乳房を離れ、腋をすべって背を撫であげてきた。それに再び湧きあがる熱を感じさせられながら、エイレーネは懸命にまなざしをルキニアスに向ける。

(凶眼《きょうがん》……)

悪魔伯爵の城に住む悪魔は、凶眼を持っているのだ。それに見つめられると、焼き殺されてしまうのだ。しかしこうやってまっすぐ目を見合わせていても、エイレーネに死の恐怖はない。彼の瞳を美しいと思いこそすれ、死が忍び寄ってくるようには感じない。

また、彼の名を呼んだ。ルキニアスはその美しい顔に宿る苦悶を深め、それはエイレーネの心にも響く。胸の奥を揺すぶられるような感覚。苦しくて、しかしどこか甘く、体の奥に沁み入ってくるもの。

(なに……、この、感覚……?)

繋がったところがひくりと震えて、まだ燃えている情欲が煽られる。身をわななかせて懸命に貪《むさぼ》りたい衝動から逃れると、エイレーネはルキニアスに顔を寄せる。そしてそっと、唇を合わせた。

しっとりと重なる、くちづけ。歯を立てたり舌を絡めたり、そのようなことなど忘れてしまったかのような優しいくちづけ。

（ルキニアスさまに、苦しんでいただきたくない……）

唇を合わせたまま、考えた。

（笑っていただきたいの……、優しいお顔を、見せていただきたいの……）

ふたりの姿を、一面の鏡が映している。映っているすべてのエイレーネはルキニアスに真摯《しんし》な目を向けていて、それは決して悪魔を見るようなまなざしではなかった。

第五章　燃えあがる魂の色

ああ、とエイレーネは喘ぐような息をついた。

エイレーネの寝台のまわりを、人影が囲んでいる。たくさんの視線を注がれて、エイレーネは固唾を呑む。

――あなたも、たくさんの花嫁のうちのひとりにしか過ぎない。

誰かが言った。金髪の少女だったかもしれない。

――ルキニアスさまは、恐ろしいかた。心を許すなど、とんでもないこと。

別の少女が言った。エイレーネは彼女を見て、大きく目を見開く。

――あのかたの求める、白き心臓を捧《ささ》げなければ……あなたも、わたしたちと同じように。

大きく、エイレーネは身を震わせた。がばっと寝台から起きあがり、すると声は消えていく。

（……かつての、花嫁たち……？）

はっきりと姿は見えなかった。夢だったのかもしれない。しかし声はエイレーネの耳の奥に残っていて、ただの夢だとはとうてい思うことはできなかった。

(……ああ、……あ!)

嬌声が聞こえて、はっとする。振り返ると、白い影がうごめいている。あれは、アリスン——教会の孤児《こじ》だった少女。そして彼女を組み敷いているのは、黒いフラックをまとったルキニアス——。

「いや、ぁ……、っ……!」

エイレーネの胸中に、黒いものが湧きあがる。どす黒く、体中を駆け巡るおぞましい感覚がある。

「いや……、ルキニアスさま……っ……」

ふたりの姿は、ふっと消えた。ただの幻《まぼろし》だったのだろう——しかしエイレーネの脳裏にはかつてあったであろう光景が焼きついていて、体を巡る黒いものから逃れられない。

(ルキニアスさま……、ルキニアスさま……!)

けたたましく響く笑い声も、幻聴《げんちょう》なのだろうか。エイレーネを嘲笑《あざわら》うような声は、自分の中に渦巻《うずま》く黒い思いから生まれるものか。

寝室の闇の中、エイレーネは両手で目を塞いだ。それでも鮮やかに視界に映ったあの光景――ルキニアスが誰かを組み敷く様子はいつまでも記憶に残っていて、エイレーネを苦悶の中に突き落とした。

□

風が、吹く。ドレスの裾を、ふわりと揺らす。

エイレーネは、髪を押さえた。耳の横の髪を後ろにまとめ、淡い紅色《くれないいろ》のリボンで飾っている。ドレスも同じ色で、一面に淡雪《あわゆき》のような、真っ白なレースが飾りつけられている。

メイドに着つけてもらったこの格好が、目の前にいるルキニアスの視界にどう映るのか、気になって仕方がない。

あたりには、一面のルルディ。昨日一晩で競うように揃って咲き誇ったルルディの園は、まさに今が見ごろだった。

ルルディの花々を見ながら、エイレーネはため息をつく。最初は、ただただ恐ろしかったルキニアス。しかし彼の笑顔を、優しい声を聞いてエイレーネの心は溶けていった。

それでいて、いつ殺されるのか、食べられてしまうのか――あの、ガラスの匣に入れられてしまうのかという恐怖は消えない。その相反する思いの中、エイレーネの心は揺れている。ルキニアスはなにを考えているのか。エイレーネを、どうするつもりなのか――。

幻か、夢か。ルキニアスが自分ではない少女を組み敷いている姿は鮮烈に脳裏にあって、それを振り払おうとエイレーネは頭を振る。

エイレーネは、改めてまわりを見まわした。脳裏を渦巻いていた黒い思いは、鮮やかな花々の色に慰《なぐさ》められて薄くなっていく。

「こんな、素晴らしいお庭だったなんて……」

まばたきをする間も惜しいくらいだ。エイレーネはあちら、こちら、と美しく開いたルルディの花々に目をやって、そのたび歓声をあげている。

「全部が開いたら、どれほど素晴らしいかと思っていましたけれど……まさか、こんな」

顔をあげた向こうには、ルキニアスがいる。彼には見慣れた光景なのだ、落ち着いた表情で、花の一輪一輪を見てまわっている。

赤、白、橙《だいだい》、エイレーネのドレスのような薄赤に、紫。ルキニアスの手もとには、今にも燃えあがりそうに赤いルルディがあった。

艶やかな花びら、幾重《いくえ》にも重なったその陰影。エイレーネの目の前にあるルルディも美しいけれど、その赤い一輪には敵《かな》わないと思った。

「……、……あ」

ルキニアスの手が伸びる。その一輪を、摘《つ》み取る。

エイレーネはルルディに触れることを禁じられている——悪魔《ルキニアス》の血で芽吹いたルルディは、有害なのだという。しかしルキニアスはためらう様子もなく一輪の茎を折ると、そっと口もとに近づけた。

エイレーネの視線は、その光景に釘《くぎ》づけられる。赤いルルディと、透《す》けるように白い肌のルキニアス。その薄く、淡い唇。伏《ふ》せた目を濃く彩る濃い睫《まつげ》。その光景は照らす陽《ひ》の中にあってあまりにも美しく、エイレーネはまばたきをすることも忘れた。

ルキニアスは、ルルディにくちづけをする。そしてそっと微笑んだ。そのさまに、エイレーネの心臓は鷲《わし》づかみにされる。

（ルキニアスさまが……、お笑いになった）

エイレーネは、ルキニアスの心からの笑顔を見たことがない。嘲笑うような薄い笑みなら何度も見たけれど、今彼の浮かべているのは心底からの優しい笑み——エイレーネには、決して見せることのない優しく心のこもった笑みだ。

ぎゅっと摑まれた心臓が、大きく鳴った。エイレーネの視線は微笑むルキニアスに注がれていて、手の中のルルディを愛《いと》おしむような彼の表情に、胸の奥から、かっと炎が湧き出るかのように感じた。

「……あ、っ……？」

ルキニアスを見つめる目の奥が、つきんと痛んだような気がした。エイレーネはひとつ、ぱちりとまばたきをして、すると一瞬、目の前が真っ暗になった。

ぶわり、とあがったのは炎だった——ルキニアスの手にある一輪が突然、燃えあがったのだ。その花びらよりも、赤い炎が空《くう》を嘗《な》める。

とたん、ルルディの香りと混ざってものの燃えるいやな匂《にお》いが広がった。ルルディの園の妙なる芳香《ほうこう》が、燻《くすぶ》る炎の匂いに上書きされてしまう。

「な、……、に……？」

ルキニアスの手の中の花はたちまち消し炭のようになり、彼の手から黒い屑《くず》となって地面に舞い落ちた。

「……あ、……」

地面に落ちた、黒くなったルルディの燃え滓《かす》を見る。エイレーネは目を見開き、ぎょっとした。

それは、小さな人間の頭蓋骨《ずがいこつ》の形をしていたのだ。ふたつの空いた眼窩《がんか》、ぱかりと開いた上顎《うわあご》と下顎。それが黒く焼《や》け焦《こ》げて、足もとにたくさん転がっている。眼球のない目の部分がいくつもいくつも、ぎょろりとエイレーネを見あげている。

エイレーネは思わず後ずさりをし、そのうちのひとつを踏みつぶしてしまった。くしゃりとあがった音に、ますますぎょっとする。

あの美しいルルディの花が、このような不気味な姿を隠していたとは思わなかった。美の奥に潜む醜悪《しゅうあく》――それが、これほどに厭《いと》わしいものだとは思ってもみなかった。

そして、思う。いくら美しく着飾っても、本性は消えることはない。ルキニアスによって絹のドレスに身を包んでいるエイレーネだけれど、その本性は――このように醜《みにく》い、おぞましいものなのではないのだろうか。

ざわり、と風が吹いていやな匂いは消え、あたりはまたルルディの香りに満ちる。ルキニアスの足もとに落ちた髑髏《どくろ》の形をした花の残骸《ざんがい》も風に舞って散り飛び、まるでなにもなかったかのようだ。

しかしエイレーネの目には、先ほどの光景がはっきりと焼きついている。燃えあがったルルディの花――その、髑髏のような燃え滓。ルキニアスの、驚愕《きょうがく》の表情。

エイレーネは目を見開いたまま、がくがくと足が震え出した。ルキニアスは、わずかに手に残る燃え残りを払い落とすと、エイレーネのもとに歩いてきた。

「なんでもない」

彼は、エイレーネの肩に手をまわすと言った。

「気にすることはない……なにも、なかったのだ」

「あ、っ……」

そう言われはしたものの、しかしエイレーネは、確かに見た。燃えあがった炎は、禍々《まがまが》しい色をしていた。厨房《ちゅうぼう》や暖炉《だんろ》で見るような炎とは違ったように思う。そう、まるで悪魔の操る炎のように――。

「忘れろ。なにもなかった……」

「で、も……、ルキニアスさま……」

彼はそのまま腕の中にエイレーネを包み込み、ぎゅっと抱きしめる。その腕のしっかりとした力、伝わってくる温かさ。エイレーネは息をつき、しかし恐怖のわななきは止まらない。

「気にすることはない。……ルルディの花は、ああいったものなのだ。不気味には違いないが、単に私たちがそう思うだけのこと。ルルディの花には、なんの意図もない」

「で、も……」

ルキニアスの手から落ちた、燃えあがったルルディの花が地面に落ちる。たくさんの、黒ずんだ髑髏。眼球のない目が、じっとエイレーネを見ているように見える。

「でも、あのルルディは、ルキニアスさまの血で芽吹いたと……触れては、いけないと……」

ルキニアスは、眉をしかめた。それはなにかを悔《く》いているようで、その表情にエイレーネは思わず見とれる。

「触れてはいけないのは確かだ。しかし……脅えることはない。おまえは、私が守ってやる」

「ルキニアスさま……」

彼の口から、そのような言葉が出たことがあっただろうか。エイレーネは目を見開いてルキニアスを見、彼はなにか苦いものを嚙み潰したような顔をしている。

「私のそばにいろ。私にも、おまえを守るだけの力はある……」

ルキニアスさま、とエイレーネは繰り返した。恐ろしい悪魔、凶眼の持ち主。しかし今の彼は、エイレーネを守ろうとしているかのようだ。毒々しい、ルルディの花。その持つ毒、そして不気味な外観からエイレーネを遠ざけようとしている。

彼の名をつぶやきながら、エイレーネはルキニアスに寄り添った。肩にまわされた手は強く、その手に自分を委ねていればなにも不安に思うことはないように感じる。彼とともにいて、これほどの安堵《あんど》を感じたことが今まであっただろうか。ルルディの花の不気味さ以上に、エイレーネはルキニアスの心に縋っていた。彼に擦《す》り寄《よ》り、するとルキニアスはエイレーネの腕を取ってくれた。

「もう、戻ろう」

ルキニアスはエイレーネの腰を抱き寄せ、ゆっくりと歩かせる。エイレーネの足はまだ恐怖に震えていたけれど、ルキニアスに導かれて、どうにか地面を踏むことができる。

ルルディの庭を抜け、錬鉄の門をくぐって館の中に入った。メイドとフットマンが出迎える。彼らがエイレーネのどのような様子を見ても顔色ひとつ変えないのはいつものことだけれど、今は彼らがすべてを承知していて、その上であえてなにも言わないのではないかと思ってしまう。

「ルキニアスさま、わたし……」

見慣れた自室に連れこられ、息をついた。しかし窓際《まどぎわ》のテーブルに飾ってあるルルディを見ても、恐怖が湧き起こる。色鮮やかな色彩のなにもかもが、恐ろしく思える。

整えられたベッドの上に、腰を下ろした。柔らかく受け止めてくれるベッドの感触は、しかしエイレーネの恐怖を薄めてはくれない。

「懸念《けねん》することはない」

ルキニアスの体が、のしかかってくる。ベッドの上に押し倒されて、彼の体の重みが心地いい。そっと唇を寄せられて、くちづけられて。唇を重ね合わせるだけのキスに、しかし胸を占める不安は大きくなるばかりだ。

「おまえは……、私が守ってやる。ルルディだろうが、狼《おおかみ》だろうが……おまえを餌《え》食《じき》になどさせはしない」

「わ、たし……」

震える声で、エイレーネは言った。

「なにか、恐ろしいことが起こってるみたい……、わたしの中で、なにか……」

「なにもない」

そう言うルキニアスの顔は、苦りきっていた。整った眉根は強くしかめられて暗雲を帯び、今は黒い瞳はなにかを懸念しているかのように細められている。

「おまえは、おまえのままだ。なにも変わっても……起こってもいない」

「でも」

エイレーネは腕を伸ばす。ルキニアスの首にまわすと、彼はその中に収まってエイレーネの求めるままに身を寄せてくる。彼との距離をより近くしても、胸に濃くわだかまる憂《うれ》いは消えないままなのだ。

「……ご存じなのじゃ、ありません……？」

なおも、エイレーネは尋ねた。ルキニアスの表情から影が去らない。彼はなにを懸念しているのか、なにを知っているのか。まるで押さえ込むように組み敷くエイレーネの身には、なにが――。

「さっきの、あの……、わたし、が……」

「エイレーネ」

ルキニアスは、それ以上の言葉を遮る。唇が重なり、声が奪われた。ちゅくり、と吸いあげるキス。それにぞくぞくと震え始める体の反応を感じながら、エイレーネの脳裏には先ほどの光景が浮かんでやまない。

「あ、……っ、っ……」

彼の手が、エイレーネの頬をすべる。顎の下をくすぐられ、それだけで体の奥が痙攣するようにわななないた。唇は濡れた部分が触れ合って、あがる音が艶《なま》めかしい。それにも煽られながら、エイレーネの心に広がるのは、痛いほどにせつない希求だった。

（離れたく、ない）

咽喉の形をなぞられて、下半身がひくりと震える。敏感な肌を、彼の指が何度も這った。

（ルキニアスさまと……、ずっと、一緒にいたい）

迫りあがるような衝動に押されて、ルキニアスを抱きしめる腕に力を込める。応えるように、彼は咽喉に唇を落としてきた。きゅちゅ、と吸われて、微かに声が洩れる。

（このままで……、ずっと、このままだったら……）

はっ、と熱い呼気をこぼしながら、エイレーネは懸命に目の前をかすめる光景を消そうとした。突然燃えあがったルルディ、驚いたルキニアスの表情。

（……ルキニアスさまのおっしゃるとおり、あれは……なんでもないこと。気にするようなことじゃない……)

　自分にそう言い聞かせる。しかし一方でエイレーネには、とてもそうは思えなかった。火の気もないところで、いきなり花が燃えあがるなんてありうることではない。それが悪魔たるルキニアスの手業《てわざ》によるもの——ではあり得なかった。それでは、あの驚いた顔の説明がつかない。

　ちゅく、と唇を離し、見つめてくるルキニアスの瞳に視線を返す。そこに微かに生まれ始めた、金色のかけら。それにどきりと胸の鼓動を呼び起こさせられながら、それでも奥にわだかまる不安は消えない。

(わたしは……、どうなるの。どうなってしまうの……?)

　深いところから呼び起こされるのは、並んだガラスの柩だった。生きていたときの姿そのままに匣の中に収められ、こちらをじっと見つめていた少女たち。

(あの、花嫁たちも……)

　彼女たちも、あのようなことを経験したのだろうか。ルルディに火がつく前、目の奥が痛くなったことを思い出した。あの感覚は、単なる痛みではない——なにか、体の奥から湧き出した奇妙なもの。本来ならばあるはずのない、異質の感応《かんのう》。

(……こう、やって……)

　ルキニアスの手が、胸にすべる。ドレス越しに左の乳房を押さえられて、はっと息が洩れた。熱い呼気はルキニアスのルルディの吐息と絡んで、寝室に淫らな空気を作り出す。

（ルキニアスさまに、抱かれて……）

胸の奥が、かっと熱くなった。そして同時に、目の奥の痛みも蘇る。ルキニアスの体の重みがなければ、暴れ出してしまっていたかもしれない衝動——そんな自分の力を逃がそうとエイレーネは彼にしがみつき、すると柔らかな乳房に触れる手が重くなった。

「ふ、ぁ……、っ……」

彼の指が、襟《えり》もとのリボンにかかる。しゅるり、と音を立ててほどかれて、そこに熱い呼気が触れる。エイレーネは、大きく身をわななかせた。

（そして……、あのような……おかしなことが起こって？）

なんでもない、忘れろとルキニアスは言った。だからこそ、エイレーネは忘れられない。ルルディが燃えあがった原因には、深い秘密が隠されているはずで、しかしそれをルキニアスは教えてくれない——伏せている。

（わたしも、同じなの？　あの花嫁たちと、一緒なの？）

ああ、とエイレーネは深い息をついた。それはリボンをほどかれ、開いた胸もとにすべり込んできた手に直接膨らみをなぞられ、すでに尖っている乳首を押し潰されて。

洩れた声と吐息は重なって、だからルキニアスはエイレーネの逡巡《しゅんじゅん》には気づかなかったかもしれない。

（い、や……！）

熱い息を吐きながら、胸の奥でエイレーネは叫んだ。それはいずれ彼女たちと並んで柩に収められるのであろう恐怖でもあったし、同時に――。

（ルキニアスさまの、特別でありたい）

胸の奥から、吠《ほ》え声のような渇望《かつぼう》が湧いた。

（ガラスの柩に収められる花嫁ではない……永遠に、ルキニアスさまとともに生きる……特別な、選ばれた花嫁に）

それは、この館に来たときには考えもしなかったことだった。逃れられない運命に恐怖し、震える足を懸命に前に進め、自分がどうなるのか想像もできなかった。することも恐ろしかった。しかし今では、その恐れていた悪魔伯爵のそばにいて、誰よりももっと愛されたいと願っている――。

「ルキニアス、さま」

掠れた声で、そうつぶやいた。開いたドレスの胸もとに彼の唇が落ち、ちゅくりと吸い立てられて、腰が跳ねた。いまだドレスの奥に隠されている下肢が、じわりと潤んでくるのがわかる――ふるりと身を震わせて、エイレーネはまた彼の名を呼んだ。

彼に愛されたい――ともにありたい。彼が悪魔だというのなら、自分も同じ存在に。たとえ、この身を焼くことになっても。

「……、ルキニア、ス、……さ、ま……」

エイレーネの声は、嬌声に混じって部屋に広がっていく。

□　□　□

ともすれば、との期待があった。

いったんは穢れた心臓が清められ、白く脈打つ日が来るのではないかと。花嫁としてこの館にやってきた少女たちは、皆揃って、次々に堕落《だらく》した。その魂を闇に染めた。心同様堕ちた体をこうやってガラスの匣に収めたのは、どうしてもその期待が捨てられなかったからだ。

同時に、諦《あきら》めている心もある――白き魂など、どれほどに求めても決して手には入らないのだと。

ルキニアスは、自嘲《じちょう》した。

探し求めているのは、清らかな少女の穢れなき心臓だ。世の汚濁《おだく》に染まる前の、白く輝く心臓――それがあれば、ルキニアスは還《かえ》ることができる。罪を赦《ゆる》され、もとの世界に戻ることができる。

そのために、悪魔であるという人間たちの噂を否定しなかった。彼らの恐怖を煽り、少女たちを差し出すことを求めた。

脅えながら目の前に立った少女たちは、姿形はさまざまながら、いずれも白い魂を持っていた。何度も、それを手にしようとした。手にして食らい、天界に戻る——それだけを望みと、花嫁を求めたはずなのに。

ルキニアスは、部屋を見まわす。

今までこの館にやってきた少女は、五人——エイレーネが六人目だ。ガラスの匣の中の少女たちは、いずれも目を見開いている。黒、褐色《かっしょく》、緑に水色。どの瞳もじっとルキニアスを見下ろし、まるで堕落させられた恨《うら》みをぶつけているかのようだ。

彼女たちの持つ、白い心臓を求めていたはずなのに。しかし少女を前にすると、どうしても堕落させずにはいられなかった。なにも知らなかった魂が堕ち、穢れていくさまを見たくてたまらなくなった。

だから、人間の身には過ぎる快楽を与えた。愉悦に染めた。皆、面白いように黒く染まっていった。清らかな少女が、その淡い唇を娼婦《しょうふ》のように赤く色づかせ、嬌声をあげるのに時間はかからなかった。彼女たちは最後には自ら堕ちることを求め、ルキニアスに縋った。そのような姿は、穢らわしいばかりだった。

ルキニアスが手を下して黒く染めた魂が、白い清らかさを取り戻すなど、あり得ないことだ。それでも微かな望み——自ら、少女たちを堕としておきながら。

自嘲は何度もしたけれども、それでも同じことを繰り返してしまうのはなぜなのか。しみひとつない白を汚濁に浸《つ》けて黒に染めずにはいられない衝動こそ、人間たちが信じているように悪魔の所行ではないのか。深い闇にまで堕ちているのは、当のルキニアスではないのか。

——それでも。

漂う異様な匂いの中、ルキニアスは振り返る。今は固く閉じた扉《とびら》を開いて、あの少女が入ってくるような気がする。豊かな銀の髪をなびかせ、晴れた空のような青い瞳を輝かせて。そして声を弾ませて呼びかけてくる——。

『ルキニアスさま!』

——なぜ。

ルキニアスは、ぎゅっと手を握りしめた。堕落した者の胸にあるはずのない心が動く。揺れて、ルキニアスを動揺させる。

彼女は穢れない。どれだけ快楽に突き落としても、淫らに声をあげさせても、その魂は今までの少女たちのような陰りを見せない。それどころかますます磨かれて、輝きを増しているように感じる。その艶声でさえも、ときおり天使の奏《かな》でる竪琴《たてごと》の音色に聞こえる。

(何者なのだ……、エイレーネは)

ため息をついた。ルキニアスの感じ取るかぎり、普通の人間であるはずなのに。しかしどこかが違う——ただの人ではない。さりとて天使でもなく悪魔でもなく、ルキニアスの知っているどんな生きものとも違う。エイレーネはエイレーネという存在で、ほかに似る者などないかのようだ。

しかし彼女が何者であろうとも、その魂が穢れを知らない白であることには変わりがない。ルキニアスはその心臓を取り出し、食らうべきなのだ。あるべき場所に還るべきなのだ。

——なぜ、それができない。なぜ、エイレーネを手放せない。同時に深い快楽に染めて、穢さずにはいられないのは——。

「……ああ」

ルキニアスは呻《うめ》いた。左胸に手を置き、強く跳ねる自らの心臓を押さえつける。するとつきりとした痛みが走り、また思わず声をあげる。

それは助けを求める者の苦悶の声のようで、ルキニアスは自分を嘲笑う——救いなど。自ら陥穽《かんせい》に飛び込んだ、愚か者なのに。

とんとん、と扉を叩《たた》く音がする。誰だ、とルキニアスが低い声で尋ねると、訪問者があると執事《しつじ》の声がした。

「訪問者……だと？」

胸に、嵐が起こる。ざわめきが走る。この静かな館に、暴風が駆ける——ルキニアスは、ぐっと咽喉を鳴らした。

第六章　あなたとわたしの心臓を

どくん、と大きく心臓が跳ねた。

エイレーネは、目を見開いた。どく、どくと胸が激しく打っている。恐ろしい夢でも見たのだろうか――胸もとに手を置いた。絹糸で編《あ》まれたレースの感触が指に伝わってくる。

いまだに、与えられる高価な衣装の感覚には慣れない。シーツは亜麻《あま》だし上掛けは羽根布団《はねぶとん》。夜着は絹で、しかも毎晩違うものが与えられるのだ。

その胸を押さえたまま、エイレーネはゆっくりと起きあがった。ひとりきりのベッドは広くて、しかも暗闇の中では果てしない。胸が跳ねる。まるでなにか不吉な予感でもあったかのように、エイレーネは不安に襲われる。

手探りでベッドを這って、気をつけながら下りた。裸足《はだし》で床を踏む。冷たさが、足の裏に沁み込んだ。

心臓はまだ、どくどくと律動している。しかしどのような夢を見ていたのか記憶にはない。それでいて理由のよくわからない忌《い》まわしい衝動に押されて、エイレーネは歩いた。

ドアを押して、部屋を出る。ところどころ壁の火燭の蠟燭《ろうそく》が揺れる以外、なんの気配もない。ルキニアスの不思議な術で生み出されたメイドやフットマンたちも、近くにはいないらしい。なおも胸を押さえたまま、エイレーネは廊下《ろうか》を歩く。

「こ、こ……」

エイレーネが立っていたのは、あの部屋の前だった。ガラスの匣の中に収められた花嫁たちが静かにたたずんでいる部屋。

どくん、どくんと大きく鼓動が響く。ガラス越しの瞳がエイレーネを見つめているさまを思い起こし、そのときの恐怖が蘇ってぞくりと震えた。

――あはははは！

びくり、とエイレーネは震えた。どこから聞こえたのだろう――甲高《かんだか》い笑い声。彼女たちが笑うはずがない。すでに死んでいるのだから――それでもけたたましい笑い声はエイレーネの耳にこびりついていて、エイレーネはとっさにその扉に背を向けた。

やみくもに廊下を走り、息を切らし、やがて大きくどっしりとした黒檀《こくたん》の扉に行く手を阻まれて立ち止まる。

「は、ぁ……、っ……」

ここまで走ってきた息を整えながら、エイレーネは足を止める。

「……あ」

エイレーネを不安にさせる根源は、黒い扉の向こうから伝わってくるような気がする。ルキニアスの部屋だ。初めてここに立ったときは、凶眼を持つ悪魔の前に晒《さら》されるのだと恐怖でいっぱいだった。今のエイレーネは、違う理由でやはり不安に胸を膨らませながら立っている。

扉は、微かに開いていた。手を縦にすればすべり込ませられるくらい——エイレーネは、そっと目をその隙間《すきま》に押しつけた。

部屋の中は、やはり蠟燭が幾本か灯っているだけで薄暗い。それでも人影があることがわかった。しかも複数。

エイレーネの心臓が、また大きく鳴る。そこにいるのはメイドなどではない。暗い部屋の中、その人物の体から発光しているようで、エイレーネは思わず気圧《けお》された。

「……ルキニアス」

高く、美しい声だった。天界で天使が奏でる楽器の音色というのは、このような響きなのではないだろうか。いつまでも聞いていたいような、同時にエイレーネを限りなく不安にさせる。

部屋の奥には、ルキニアスがいるのだろう。そして不吉な気配の訪問者は、彼の前に立っている。美しい声を持っているということはわかったけれど、男か女かもわからない。もっとよく見ようとエイレーネは目を近づけ、するとがたんと音がして、ドアが開いた。

「エイレーネ……」

思わず、床に膝を突いてしまった。エイレーネは四つん這いになったまま部屋の中を見まわすことになり、すると奥の椅子に座っているルキニアス、そして裾の長い白い衣をまとった女性の後ろ姿が目に入った。

「……あ、……、っ……」

心臓が、また大きく跳ねる。女性は、背が高かった。四つん這いでもそれはわかる。結っていない見事な長い金髪が、背中を覆っていた。波打ったそれは床にまで達し、まるで髪自体が発光しているかのように艶やかに輝いていた。

「誰かしら?」

天使の楽器のような声は、しかし鋭く響いた。突然現れたエイレーネを歓迎してないことは明らかで、エイレーネは思わず後ずさりをする。

「人間ね」

女性はそう言って、振り返った。こちらを向いた。目に入ったのは、透きとおるような白い顔。輝く大きな紫の瞳は、長い金色の睫に縁取られている。

「……あ、……っ……」

声をあげたのは、同時だった。ふたりは目を見合わせる。エイレーネは床に四つん這いのまま彼女を見あげた。彼女も、瞠目してエイレーネを見つめる。

「……そういうことなの」

女性は、嘆息した。そして視線をもとに戻す。そこにはルキニアスが座っていた。エイレーネは立ちあがりながら、ルキニアスを見つめる。彼の顔には、これ以上ない苦悶の表情が浮かんでいた。

「わたしと同じ顔をしたこの子を、そばに置いていたのね。わたしの、代わりに」

代わり、という言葉が胸に突き刺さる。しかし彼女がそう言うのも無理はなかった。

彼女の顔は、エイレーネにそっくりだったのだ。

色こそ違うものの、波打つ長い髪、大きな瞳に、鼻の形唇の形。輪郭《りんかく》までが瓜《うり》ふたつで、そこにあるのは鏡なのではないかと思うくらいだ。

「ルキニアス」

彼女は、一歩ルキニアスに近づいた。白い手を差し出し、彼の手を取ろうとする。

ルキニアスは動かなかった。苦いものでも噛み潰したような顔をしていて、膝の上で強く手を組んでいる。女性は、苦笑した。

「無理もないわ。仕方がないものね。神は、その姿に似せて人間を作られた……わたしに似た人間がいてもおかしくはないわ」

目をすがめたまま、女性は言う。

「わたしの偽物《にせもの》を探し出てそばに置くくらいに、わたしを愛してくれているのね」

どくん、とエイレーネの心臓が鳴る。目覚めたときから息苦しくなるくらいに打っていた胸はますます強く高鳴って、少しでも口を開ければそこから転がり落ちてしまいそうだ。

それほどに、部屋は異様な気配で満ちていた。今までに感じたことのない空気。この女性は何者なのか。彼女の口調は、まるで彼女が本物でエイレーネは身代わりの偽物であるかのようだ。そのことが引っかかった。しかし彼女は、そのことを疑問に思っているふうもない。

エイレーネにそっくりな女性が差し出した手を、ルキニアスは取らなかった。彼女は少し首を傾げ、そしてエイレーネを振り返った。

「あなた。名前は？」

エイレーネは、答えなかった。一方で紫の双眸《そうぼう》に見下ろされているのが腹立たしく、四つん這いの格好から立ちあがる。それでも見あげる身長の彼女は目をすがめ、そんなエイレーネをじっと見ていた。

「名前はなんというの？　人間の娘」

その言いざまに、むっとした。同じ顔をしていても、彼女の顔には明らかに高慢な色があった。尊大で、傲慢《ごうまん》な——人間のものではない。どれほど誇り高い者も、このような目つきで人を見ることはない。

「……あなたが、先に名乗って」

それは、エイレーネにしては珍しく気強い発言だった。ルキニアスが驚いた顔をしたのがわかる。それでもエイレーネは、ぎゅっと手を握りしめて女性を見あげていた。

女性は、紫の瞳を見開いた。しかしすぐに微かな笑いを浮かべ、紅《あか》い唇を開いた。

「アドニア」

「……エイレーネよ」

アドニアは、目をすがめた。それはやはりエイレーネを侮るような微笑みで、腹の底からかっと怒りが湧く。

「あなたが、わたしの代わりをしてくれていたのね。エイレーネ」

どこまでも穏やかに、アドニアは言った。

「あなたは、わたしの偽物。神の作られたわたしのレプリカ」

「レプリカ……？」

掠れた声で、エイレーネは繰り返した。ええ、とアドニアはうなずく。

「光栄に思いなさい。わたしのような高位の天使のレプリカだなんて。よほど、先の世で善《よ》き行いをしたのね」

アドニアは、今にもエイレーネの頭を撫でそうだった。まるで母親が子供に。教父が信者にそうするように。エイレーネはアドニアの手の届くところから逃げて、アドニアは少し眉をしかめた。

「このような地に堕ちたルキニアスを慰めていてくれた、礼を言うわ。エイレーネ」

言葉遣いは丁寧だったけれど、口調はどこまでも驕慢《きょうまん》だった。じくり、と腹の奥に黒い澱《おり》がたまっていく。エイレーネは震える唇を、懸命に押しとどめようとした。

「あなたは、なにも知らないようだけれど」

今度は、初めて教師の前に座らされた子供の気持ちにさせられる。アドニアは、穏やかな微笑みでエイレーネに語りかけた。

「ルキニアスは、わたしに似たあなたを、わたしの代わりにしたの。わたしに会えない間の、さみしさの穴埋めとしてね」

エイレーネは、ルキニアスを見た。彼はやはり難しい顔をして手を組んでいる。その目はすがめられて、彼の視線がどこを向いているのかはわからない。

「わたしは、天界に住まう者……天使と呼ばれる神の創造物。神の手による、神に最も近い聖なる生きもの」

うたうように、アドニアは言った。

「わたしも……、そして、ルキニアスもね」

「……天使、ですって……？」

エイレーネは、思わずルキニアスを見た。ルキニアスは、なおもその目もとに影を落としたまま身じろぎしない。彼がなにを思ってアドニアの言葉を聞いているのかわからない。

「そう、天使」

アドニアは、ルキニアスに寄り添った。彼女の、豪奢な金の髪がふぁさりと揺れる。同じ顔をしているとはいえ、存在感の圧倒的な違いはあからさまだ。エイレーネは怖《お》じけた。同時に、体の底にたまる澱が黒く音を立てて渦巻いていくのがわかる。

「今まで、エイレーネを代わりとして自分を埋めることのできなかった、かわいそうなルキニアス……」

アドニアの、細くて白い指がルキニアスの髪を撫でる。ふたりが寄り添っているさまはため息の出るような光景だった。アドニアは、自分と同じ顔をしているとはいえその存在は確かに天使というにふさわしい。そして今まで悪魔なのだと信じていたルキニアスも、天使だとは——。

人間の身では手の届くはずもない存在のふたりを前に、エイレーネは立ち尽くす。なおもどくどくと打つ心臓を、強い力で締めつけられたような感覚に襲われていた。

「わたしたちは、天使としての禁忌《きんき》を犯した。だからわたしは、天界で拘束《こうそく》の罰《ばつ》を受け……ルキニアスは、堕天の膺懲《ようちょう》をこの身に負うことになった」

アドニアは、その豊かな金髪を揺らした。ルキニアスの顔を覗き込みにっこりと微笑む。その表情はまさに清らかな天使のもので、エイレーネも目を奪われてしまったくらいだ。

「けれども、やっとお赦しをいただいたわ。あなたは、天界に還ることができる」

ルキニアスは、はっとしたようにアドニアを見た。そんな彼を見やって、アドニアはますます柔らかく美しい笑みを向ける。

「父なる神は、あなたをお赦しになった。天界に戻ってきてもいいのだと、わたしをおつかわしになったの」

ふわり、と空気が揺れる。ばさり、とあたりの空気を一掃するような音がして、アドニアの背に白い翼《つばさ》が見えた。エイレーネは、目を見開く。

空を駆ける鳥たちなら二枚で対になっているところが、アドニアの翼は六枚あった。それはこの広い部屋でもいっぱいに広がるほどに豊かで、何枚の羽根が重なっているのか数えることもできない。それだけでもアドニアが単なる天使ではない、彼女の言うとおりの高位の存在であるということがわかる。

「わたしの偽物で、心を埋める必要はもうないわ。あなたには、もうわたしがいる。

昔のとおりに戻るのよ」

　そうルキニアスに語りかけたアドニアは、エイレーネに目を向ける。その紫の瞳で見つめられて、エイレーネの胸はどきりと鳴った。

「あなたには、感謝しているわ。わたしのルキニアスの、そばにいてくれたこと。ルキニアスの無聊《ぶりょう》を慰めてくれたこと……」

　アドニアは、手を伸ばした。ルキニアスの赤い髪を指先に絡め、もてあそぶように何度か梳《す》いた。

「でも、もうその必要もない。ルキニアスにはもう、わたしがいるわ」

　ルキニアスは、なおも表情を見せない。アドニアに髪をもてあそばれるまま、目をすがめて身動きもしない。その目は、驚愕にわななくエイレーネに向けられているようにも見えたし、どこか別のところを見ているようにも見えた。

　アドニアはそんなルキニアスを、微笑みとともに見つめた。そして視線をエイレーネに向ける。

「本来なら、わたしのような天使がこうやって人間界に降りてくるのはあり得ないこと。でも、ルキニアスのために戻ってきたの。こうやって、あなたに姿を見せることも異例なのよ」

　子供に言い聞かせるように、アドニアは言った。

「ありがたいことだと思うといいわ。本来ならあなたの一生では、決して起こり得なかったことなのですからね」

体の奥の淀《よど》みが、より重くなる。身の奥で、渦を巻く。それが今にも溢れ出しそうになるのを懸命にこらえながら、エイレーネは喘ぐように言った。

「あなたたちの、犯した罪って……？」

それを尋ねるのは、恐ろしい気がした。それがルキニアスが悪魔伯爵と呼ばれこの館に留《とど》まり——花嫁だった少女たちをガラスの匣に収めた理由なのだったとしたら。

アドニアは、目を細めた。紫の瞳が、光ったような気がした。彼女はルキニアスの髪に指を絡ませたまま、言った。

「恋よ」

エイレーネは息を詰まらせる。目を大きく見開く。アドニアの紫の瞳を、そして影になってその感情の見えないルキニアスの目を見た。

「わたしたち天使には、禁じられた感情……与えられてはいない、本来なら持つべきではなかった、心。……神は、あり得ない情を抱いたわたしたちをお赦しにならなかった。こうやって、わたしたちを引き裂いて——」

ふるり、とアドニアは体を震った。彼女の背中の、六枚の翼も震えて、羽根がはらはらと何枚か落ちた。それはいつぞや、ガラスの広間で仮面をつけて踊っていた者たちがルキニアスの指の音ひとつで羽根と化し、舞い落ちた光景を思い出させた。

「でも、わたしたちは赦された。わたしたちは本来の姿を取り戻し、天界に還ることができる……ねぇ、ルキニアス」

アドニアは、エイレーネに対するときとはまったく違う柔らかい声でルキニアスを呼んだ。彼が身じろぎする。組んでいた手をほどき、赤い髪を揺らして苦悩を表すような、それでいてアドニアを見ることはない。

「ああ」

うつむいたままの低い声でのルキニアスの返事に、エイレーネは大きく目を見開く。心臓が、大きく高鳴る。胸を突き破ってしまうかと思うほどに鼓動は大きく、体中に響き渡った。

エイレーネは胸に手を置く。どくり、どくり、と痛いほどに跳ねる律動が手のひらに伝わってくる。

「行きましょう、ルキニアス」

アドニアはルキニアスの髪から指をほどき、その手を差し出した。白い、なにものにも穢れない手。なめらかで透きとおるようなその手を、まるで不思議なものでも見るかのようにルキニアスが見つめている。

（ルキニアスさま……！）

彼の視線の意味はわからない。ただ、どくん、と心臓が跳ねる。それが体の中で暴れるのが痛くて、どうしても苦しくて。エイレーネは何度も何度も、荒い呼気を洩らした。目の前では、アドニアとルキニアスが見つめ合っている。

(やめて……、やめて！)

ルキニアスは訝《いぶか》しげに眉根を寄せているけれど、今にもアドニアの手を取りそうだと思った。そうすれば彼は、行ってしまうのだろう——アドニアとともに。エイレーネには決して手の届かないところに。

(ルキニアスさまが、行ってしまう——！)

心臓が、跳ねる。呼吸が乱れる。目の奥がじわりと熱くなって、飛び出してしまいそうに痛くて——ああ、とエイレーネは続けざまに熱い息を吐く。

(行かないで……、ルキニアスさま。行ってしまわないで……その人と……。ルキニアスさまは、わたしのもの……わたしだけのもの！)

大きく胸が打つ。痛むほどの左胸を押さえ、エイレーネは何度も荒い息をついた。

——わたし、わたし……まるで。

「あ……、っ……、……!?」

声をあげたのは、アドニアだった。エイレーネの目の奥が、なにかに突き刺されたかのようにかっと痛んだ——同時に、視界に赤いものが映る。

「……、な、に……？」

きゃぁぁぁ、と甲高い声があがった。赤いものはたちまちその嘗める範囲を大きくする。ゆらりと揺れて、たちまち部屋は異臭《いしゅう》に包まれた。

「きゃぁ、あ……、ああっ！」

「エイレーネ！」

ルキニアスが鋭く叫ぶ。その彼の目の前、つんざく悲鳴をあげているのはアドニアであるはずだ。しかしその、白い衣と翼、金色の髪もすべてが真っ赤な炎に包まれ、凄まじい火炎をあげているのだ。

「エイレーネ……！」

彼は素早くエイレーネのもとに駆け寄ってくると、フラックを脱いでかぶせる。火が燃え移らないようにという配慮だろう。その間もアドニアを嘗める赤い舌は治まるどころか、ますます火の気は大きくなっていく。

しかし炎は、目の前にいるはずのエイレーネやルキニアスに燃え移ることはない。近くにいるはずなのに、熱ささえも伝わってこないのだ。

「大丈夫だ……あれは、天界の業火《ごうか》。おまえに燃え移ることはない」

ルキニアスはエイレーネを抱きしめ、アドニアに背を向けて、エイレーネをかばおうとする。

響き渡る、哭声《こくせい》。それは背筋が寒くなるほどに恐ろしく、ゆえにエイレーネは動けなかった。火を消す手伝いをしなければと頭では思うものの、足が一歩も動かない。指先さえも動かせない。ただ感じるのは、突き破って飛び出してしまいそうな胸の鼓動と、眼球を貫くような痛み――。

炎は、地獄《じごく》の火柱のごとくに燃え続けた。何時間も燃えていたかのような、それでいてほんのわずかの時間であったかのような――軋《きし》むような絶叫とともに炎が大きく揺れて、そしてそれは、ふっと消えた。

残ったのは、部屋に満ちる身のすくむような異臭と、ひと跨《また》ぎで越えてしまえるような灰の山。エイレーネの目の前に、ふわり、と黒く焦げた一枚の羽根が舞い落ちた。

「あ、……っ……?」

ルキニアスの手にしているフラックには、焼け焦げひとつない。この異臭と灰の小山がなければ、アドニアがそこにいたなどとは信じられない――エイレーネは、よろけそうになる体を懸命に支えながら、一歩を踏み出した。するとその身動きに起こった微かな風が灰を舞いあがらせ、空《くう》に一陣《いちじん》の弧《こ》を描いて、消えた。

「……な、に……?」

掠れた声を、絞《しぼ》り出す。そこにアドニアがいたという証すらなくなってしまい、すべては幻だったのではないかと思ってしまう。

「なにが……、あった、の……？」

ルキニアスが手を伸ばす。エイレーネは唖然《あぜん》としたまま、彼の腕に抱かれた。

「なにがあったんですか……！」

エイレーネは、思わずわめいた。声は胸の奥から湧き出して、悲鳴になってエイレーネの咽喉から洩れた。

「いったいなにが……！　わたしに……、いったい、なにが!!」

「エイレーネ」

落ち着かせようとでもいうのか、ルキニアスの手はエイレーネの背を撫でる。何度も撫でられて少し気持ちは落ち着いたものの、それでもいまだに目の前に起こった出来事は信じられない。

「わたし……天使を？　アドニアを……わたし、は、……？」

「私の……咎《とが》か」

彼は、低くつぶやいた。

「すべては、私の……私の過ちゆえか」

「ルキニアスさま……？」

その大きな手が、また背を撫でる。ぞくり、と微かな震えが湧きあがった。それに身をわななかせたエイレーネは、胸の激しい鼓動と目の奥の痛みがなくなっていることに気がついた。

「おまえは……、いつの間にか……この世ならざるものになっていたのだな」

「……え……？」

ルキニアスの言葉の意味がわからない。きょとんと見あげるエイレーネをますます強く抱きしめて、その耳もとでルキニアスはささやいた。

「おまえも見たとおり、聞いたとおりだ」

ばさり、と音がする。なにごとかと見開いたエイレーネの目には、白い翼が見える――アドニアの背にあったものと同じだ。純白の羽根が、幾枚もひらひらと舞い落ちていく。

「私は、かつて天界に住まっていた、天使だ」

「天使……」

それは初めて聞いた言葉ではないのに、エイレーネの耳に奇妙に届いた。エイレーネはじっとルキニアスの瞳を見やる。漆黒《しっこく》の目――今はあの金色は見えなくて、そのことに少しがっかりとした。

「私は、天使には備わっていないはずの感情……『恋』を、知った」

ずくり、とエイレーネの胸が痛む。その相手が誰なのか、言われずとも感づいたからだ。

「ゆえに、その罪を背負って人間界に堕とされた。アドニアは、天界の牢《ろう》につながれていたらしいな……私はこの地に堕ち、人の寄りつかなくなっていたこの館を住処《すみか》とした」

「どうして、花嫁を……?」

掠れた声で、エイレーネは尋ねた。アドニアという恋人がいたのなら、彼の求めた花嫁は愛玩《あいがん》のためではあるまい。エイレーネの心臓が、またどくどくと打ち始める。

「私が求めていたのは、白き魂……穢れなき心臓だ」

それもまた、初めて聞いた言葉ではなかった。ルキニアスは何度もそのことを言っていた。もっともその記憶はいつも快楽の靄《もや》に霞《かす》んでいて、はっきりとは思い出せなかったけれど。

「人間の持つ、清き心臓が私の罪を浄化する……そのために私は、人間たちの間に広まっていた悪魔であるとの噂を否定せず、生《い》け贄《にえ》を差し出せと命じた。それだけで人間たちは、次々と少女たちをここに送ったよ」

ルキニアスは笑った。それは自嘲であることがわかる。エイレーネは彼の背に腕をまわし、指先に触れた翼をそっとなぞる。ルキニアスは、微かに身震いした。

「花嫁たちは……、ああ。皆、清らかだった。その魂も穢れなく……そう、誰も彼も、眩しいほどに白かった。白い魂を求めたはずの私は……」

そこでルキニアスは、言葉を切った。エイレーネは、彼の声が続くのを待った。

「穢さずにはいられなかった……白いものが黒く汚れていくさまを見るのは、楽しかった。罪を犯したのは自分だけではない……そう思いたかったのかもしれない」

それは、矛盾《むじゅん》した感情だ。清らかなるものを求めていながら、いざそれが手に入ると穢してしまう――彼の食い違った感情を、エイレーネは理解できるような気がした。それは彼の言うように、同じ罪に堕ちる者を求めたばかりではないように思えた。

「……エイレーネ？」

「それは……ルキニアスさまを天界からこの地に堕とした、神への反抗……復讐《ふくしゅう》だったのではありませんか？」

彼の胸に顔を埋《うず》めたまま、エイレーネは言った。ルキニアスが、微かに息を呑むのが感じられる。

「……そうかもしれない」

ため息のあと、ルキニアスは言った。

「そうだな……おまえの言うとおりだ。私は、復讐したかったのかもしれない……あの、罪なき少女たちを通して、私を罰《ばっ》した神を見ていたのかもしれない……」

沈黙が落ちた。エイレーネを抱きしめる腕に、力が籠もる。エイレーネは彼の胸に耳を押し当て、伝わる鼓動を聞いていた。打つ心臓は人間のそれと変わらないのに、彼は天使――エイレーネとは違う生きもの。そしてエイレーネは、はっと顔をあげた。

「ルキニアスさま……、わたし、は……？」

そう、彼はエイレーネが、この世ならざるものであると言った。ルキニアスはそのことを忘れていなかったらしい。眉根を寄せ、そっと顔を寄せてくる。

「今までの花嫁は、すべて最後には堕落した。堕ちて、穢れて……死んで、しまった」

ガラスの匣に収められていた少女たちを思い出す。まるで生きているようだった彼女たちは、やはり死んでいたのだ。あの異様な匂いは、死臭だったのだろうか。エイレーネの背に、ぞっとしたものが走る。

「しかしおまえは、私がいくら穢そうとしても穢れなかった。どれだけ快楽を与えても堕ちることなく……おまえの魂は、いつまでも白いままだった……」

ルキニアスの手が、エイレーネの背から離れる。それはエイレーネの左胸を這った。

彼はしきりにそこに触れ、堕ちろ、穢れろと何度もささやいた。それでも汚れないいままだったというエイレーネの心臓は――。

そっとエイレーネの左胸に触れたまま、ルキニアスは目もとに影を落とす。それはアドニアを前にした彼の顔に広がっていたものよりも、さらに暗い影だった。

「私は、見誤っていた……おまえの心臓は白いまま……堕ちるのではない、別のものに変化していたのだな」

「別の、もの……?」

呆然《ぼうぜん》と、エイレーネは目を見開いた。自分の目に映る、ルキニアスの顔——その瞳。漆黒の目に金色のかけらが散るさまを思い出す。同時に目の奥がずきりと痛み、その痛みはまるで先ほどアドニアに向けたものと同じ——同様に、以前ルキニアスの見つめるルルディの花が燃えあがったことを思い出した。

「……わた、し……」

凶眼。その言葉が脳裏に浮かび、すると痛みが激しくなった。ルキニアスは、痛々しいものでも見るかのように眉根を寄せている。

「……、……わ、……た、し……」

あああ、と響いたのは誰の声だったのか——燃えあがって灰になった、アドニアの悲鳴に似ている。しかし彼女は、もういない——。

「エイレーネ……!」

強く抱きしめられた。すると、絶叫が少しやむ。エイレーネは、自分の咽喉が痛むことに気がついた。しかし、なぜなのかはわからない。まるで大声をあげているかのように、エイレーネの咽喉笛がひゅうひゅうと掠れる。

「愛している、エイレーネ」

抱きしめるルキニアスが、聞くも悲痛な声でそう言った。

「おまえが、どのような存在であろうとも……私は、最初からおまえを愛していた。初めておまえに会ったときから、おまえは私の……私は、おまえのものだった」

返事をしようとしても、うまく声が操れない。抱きすくめられた腕が、ほどかれる。ぬくもりを失ったことを惜しんで見開いたエイレーネの目に、右手を自らの左胸に置くルキニアスの姿が映った。

「人ならざるもの……この世ならざるものを清めるのは、天使の心臓」

ルキニアスが、しゃがれた声でつぶやいた。

「おまえが、人間に戻るために……私の、この……」

彼の手は、ジレを突き通って胸に埋まった。ぱっと、鮮血が散る。それは、目を見開いたままのエイレーネの顔にも降りかかった。

「心臓を……、食らえ」

じゅくり、と音がして、ルキニアスの右手が引き出したのは真っ赤な塊《かたまり》――それが、どくん、どくん、と鼓動しているのが目に映る。瞠目したまま、エイレーネは咽喉を鳴らした。

そっと、両手を差し伸べる。ぽたぽたと血のしたたる心臓が、揃えた手のひらの上に置かれた。とたん、体中がぞっと震える。それほどに高い熱が伝わってきた。

「心臓……」

エイレーネはつぶやく。ルキニアスが、微かにああ、と返事をした。彼の足が大きく震え、そのまままるで泥人形《どろにんぎょう》が土に還るかのようにくずおれる。

「あなたの……、心臓……」

なおもどくどくと打つ赤いものを手に、エイレーネはささやいた。床に倒れ伏したルキニアスは、答えたのかもしれない。その左胸から湧きあがる血はまわりに広がって、エイレーネの足をも濡らす。

なにも履《は》いていない白い足は、どんどん赤に浸食される。同時に手にした心臓から垂れ落ちる血がエイレーネの夜着を濡らし、なにもかもが赤く染まっていく。

「ルキニアスさま、の……、心臓……」

ごくり、とエイレーネは固唾を呑む。食らえ、と言ったルキニアスの声が、耳の奥に響いた。それはエイレーネの背を押す衝動となり、エイレーネはまた唾《つば》を呑み下す。

真っ赤に染まった手のひらの上で、ルキニアスの心臓は鼓動を刻み続けた。それはなおも、彼の遺《のこ》した言葉をエイレーネに訴えかけているかのようだった。

第七章　深く深く、繋がって

掠れた声が、静かな部屋に響く。

ぬちゅ、くちゅと濡れた音が、広い部屋を埋めるそれに絡まる。その音が乱れ、ひときわ大きくなると、あがっていた声も甲高い嬌声になった。

「っあ、あ……、ああ、……っ、ん……」

きゅう、っと呑み込む箇所が、締まった。男の低い声が耳に届く。受け止めた彼を快感に導くことができているのだと、彼が自分の体を悦んでくれているのだと、嬉しかった。

「は、……ぅ、……、っ、や……、っ……」

エイレーネが意図的に締めつけた仕返しとでもいうように、内壁を擦る熱杭が動いた。じゅくり、とさらに奥を突く。子壺の入り口にはエイレーネが特に感じる場所があって、指では届かないそこは彼の熱だけが触れられる場所——そこを突いてエイレーネにたまらない快感を与えるのも、彼だけだった。

「ルキニアス、さ、ま……っ……」

なにもかも脱ぎ捨てて、裸《はだか》の体を絡ませ合って、大きく脚を拡げて。愛しい男を受け止める。その行為に溺《おぼ》れ始めて、もうどのくらい時間が過ぎただろうか。まだ夜は始まったばかりのような気もするし、もう何時間もこうやって交わっているような気もする。夜明けなど、永遠にこないような気もする。

「ひぅ、……、っ、……、っ!」

彼が、体を引いた。すると蜜液に濡れた媚肉が追いかける。体内をかき混ぜられて声があがり、すると重なってきた唇が、それを塞いだ。重ね合うだけのくちづけは、淫らに混ざり合った下半身とは裏腹で、まるで巡り会ったばかりの恋人のようだ。

ちゅく、ちゅ、と唇の間に音を刻みながら、ルキニアスのすべてが体から出ていく。じゅくん、と引き抜かれてひっと声があがった。蜜口を太い部分で刺激された快感は思いのほか強くて、エイレーネは眉根に谷間を刻んで喘いだ。

「や、ぁ……、っ、……」

しかし今までいっぱいに頬張っていたものがなくなってしまった空疎は、耐えがたい。エイレーネは手を伸ばし、ルキニアスの肩に触れる。汗ばんだ肌の感覚が伝わってくる。引き寄せるようなエイレーネに彼はふっと笑って、そして顔を伏せる。

「はぁ……、……、っ、……ぅ……」

今までエイレーネの呼吸を奪っていた唇が、目尻《めじり》に落とされる。ちゅく、と吸いあげて頬に、顎の先に。首筋に這い、ぺろりと舐めあげられてエイレーネは大きく仰け反った。

「いや……、挿、れ……、っ……」

敏感になった体は、どこに触れられても感じる。咽喉の形を確かめるように舌でなぞられて、それにも感じさせられてぞくぞくと震えたけれど、それでもぱくぱくと口を開く蜜口、受け止めるものを求めて蠕動している媚肉のもの足りなさには耐えがたく、エイレーネは掠れた声を洩らした。

「挿れ、て……、く、だ……さ、……ぁ……」

ひくん、と大きく咽喉が鳴った。その部分をちゅくっと吸いあげて、そしてルキニアスはエイレーネの下肢に手を這わせる。浮いた腰骨に手のひらをすべらせ、柔らかな双丘に指先を食い込ませて白い腿をさらに大きく拡げさせ、すると受け挿れるものをほしがってひくつく蜜園が淫液を垂らす。つぅ、とそれが臀《しり》にまですべっていくのにも感じさせられながら、エイレーネは声をあげた。

「は、や……、……、ルキ、ニアス……、さま……っ……」

彼は、目をすがめた。腰を揺らし、溢れる蜜液をこぼしながらルキニアスを求めるエイレーネの姿を楽しんでいるかのようだ。もどかしさにエイレーネは何度もぞくぞくと身を震わせて、空虚の時間を埋めてもらえるのを待つ。

「ああ……、っ、……、っ……」

エイレーネは、大きく息をついた。蜜園に与えられた刺激は、待ち望む欲熱ではなく、ねとりと熱く、柔らかいもの——舌をすべらされたのだということがわかって、エイレーネは身をわななかせた。

折り重なり、わななく花びらは、ひと息に舐めあげられてぴくりと反応した。じゅくん、とまた新たな蜜が洩れる——それを、彼は啜りあげた。その音が大きく部屋に響いて、エイレーネは羞恥《しゅうち》に首を振った。

「いや……、っ、んな……、お、と……」

「私のせいだというか？」

今度は尖らせた舌先で、花びらの縁をちろちろと舐める。びりびりと、激しい刺激が伝い来た。エイレーネは何度も腰を震わせるけれど、ルキニアスの強い手に押さえられていることで思うように動かせない。そのことがわだかまるような感覚を生み、性感はさらに高められていく。

「こんな……魅惑的に震えているおまえを、かわいがらずにいられないのは……私のせいだと？」

「だ、……って、……、っあ、……ああ、んっ！」

彼の唇が、花びらの一枚をくわえる。ちゅくっと吸いながら含んだところを舐められて、エイレーネはびくびくと下肢を反応させた。

「おまえは、私のものなのだろうが……」

軽く歯を立てられる。歯の先での、ほんのわずかのその刺激はあまりにも大きくて、腰を押さえる手に逆らうようにエイレーネは下肢に力を込める——淫液が垂れる。こぼれて、さらに濡れた音を大きくする。

「私に逆らうのか？　私を拒むか？」

「いいえ……、っ、あ、……ち、が……っ……」

ふるふると、エイレーネは首を振った。銀色の髪が頬を叩く。それにも感じてしまい、エイレーネはまた声をあげる。同時に彼の指が花園を乱した。ぐちゅ、という音とともに重なった花びらはかきまわされて、敏感な部分は荒々しく扱われることをいやがるように涙を流した。それを癒《い》やそうとしてか、彼はまた舌を使う。

「ルキニアスさま、……だけ……、が、いてくださったら……」

ひっ、とエイレーネの咽喉が震える。ルキニアスの指が一枚をつまみ、きゅっと引っ張った。指紋《しもん》の形がわかってしまうくらいに感じるそこから全身に快感が伝い、エイレーネの口からもしたたりがこぼれる。

「ああ、あ……、っ、あ、あ！」

ちゅく、ちゅく、とルキニアスは秘所を吸う。まるで溢れる蜜が甘露《かんろ》で、彼はそれなしでは生きていけない生きものであるかのように。そんな彼に応えるように、エイレーネは体を反応させながらもてあそばれるに任せ、しきりに乱れた喘ぎを洩らし続けた。

「ほか、には……、なに、も……っ……」

それでも、彼の与えてくる刺激は甘美に過ぎた——それは、エイレーネ自身の変化によるものでもあったかもしれない。彼女は手を伸ばし、感じすぎることを伝えようと彼の髪に指を絡める。艶やかな髪の感触にも煽り立てられて、エイレーネは深い息を吐く。

「つう、……、ん、っ……、ルキ、ニア……ス、さ、ま……」

「エイレーネ」

彼の、愛おしげに呼びかけてくる声が沁み込む。それはエイレーネの体、心臓の隅々《すみずみ》にまで伝わった。ひくん、と身を震わせながら、エイレーネは満足の呼気を吐く。

「……あなたの、心臓」

そうつぶやくと、心臓が大きく高鳴った。そこにある悦びを甘受するかのようだ。

「私の、……、心臓……」

ルキニアスの舌が、蜜園をかきまわしながら舐めあげ、吸ってはエイレーネを追い立てる。小刻みにベッドの上で跳ねていた体は、ひときわ大きく反応した。花びらを二枚まとめて吸われ、端を嚙まれて――すると、ずくんとした刺激が伝い来る。

「ふぁ……、ああ、あ……、っ、……！」

つま先までを駆け抜けたのは、絶頂だったのかもしれない。しかし絶え間なく快楽を与え続けられているエイレーネには、その境がわからない。体は常に反応し震えていて、ルキニアスの手指、舌、そしてその熱い体全体から伝わってくる快感しかとらえられない。

彼の舌は、そのまま少し上を舐めあげて、尖りきった芽に至る。今までいたぶられなかった部分は、それでも彼の行動を予感して、ぴくりとわななないた。

そんな、敏感すぎる場所にルキニアスは呼気を吹きかける。それだけでエイレーネは反応して、あっと掠れた声を洩らした。

「そ、こ……、っ、ぁ……、っ……」

先の尖った部分を、ちろりと舐めあげられる。本当に、舌先で微かに優しく触れただけ――それでもエイレーネは過敏に反応し、また声をあげた。

舌先は、焦らすようにちろちろと動く。先端を何度も何度もくすぐられて、その感覚に喘がされる。大きく上下させる胸では、ふたつのまろい乳房がふるりと揺れて、そうやって自然に動くことにも感じてしまう。

「ああ……、っ、……、っあ、あ、ああっ！」

ルキニアスは、唇を開く。その間に淫芽を挟み込む。きゅっ、と微かな力を入れられて、びくんと腰が跳ねた。

「やぁ、……、っ、ん、……ん、ん！」

吸いあげながら舐められ、舌で何度も擦られる。舌のざらつきも、また刺激になった。彼の動きはだんだんと激しくなる。指で花園をかき乱しながら吸われ、舐めあげられるのと同時に花びらをつままれる。引っ張られ、指先で捏ねられ、くちゅくちゅという音ともに、芽に歯がかけられる。

「いあぁ……ああ、……、あ、……っ！」

彼の舌と歯が、巧みに動いて芽の皮を剝いていく。すると真っ赤な、敏感すぎる部分が現れる――自分のあまりに淫らな姿が目の裏に浮かび、エイレーネの頰がかっと熱くなった。

「や、……、それ、……じょ……、っ……」

ルキニアスの髪に絡めた指に、力を入れる。しかしそれが、果たして拒否を伝えうるものか――ふっ、とルキニアスの吐息がかかる。彼はエイレーネの意図を解して、笑ったに違いない――エイレーネの肌が、一瞬にして温度をあげる。それを愛おしむように、ルキニアスの手が腰を撫であげた。

「だぁ……め……、っ、……！」

じゅくん、としたたる蜜の音がして、同時に皮がめくられた。現れた石榴《ざくろ》の一粒《ひとつぶ》のような芽に、ちゅっとくちづけが落とされる。それにエイレーネは、びくびくと繰り返し腰を跳ねさせた。

「だめ、なの……、そ、れ……、っ……」

「しかし、ここは悦んでいるようだが？」

意地の悪い声で、彼は言う。ぺろり、と根もとから舐めあげられて、その舌のざらつきにあまりにも激しく追いあげられ、エイレーネは途切れ途切れの喘ぎを洩らす。

「だめ、……だ……、め……、っ……」

「我慢しなくても、いい」

唇で挟み、ちゅくりと吸い立てる。舌で舐め、巻きつかせるように刺激して。歯の表面が擦れて、エイレーネは思わず目を見開いた。

「達け……、何度でも、美しいところを私に見せろ」

「で、も……、っ、……っ……」

ひくっ、と咽喉が音をこぼす。腰の奥から迫《せ》りあがってくる熱さが、指先にまで至る――今にも、全身の血が沸騰しそう。エイレーネは声にならない声で、そう訴えた。

「それでも、私の与える愛撫では満足できないと……？」

「ち、が……、ぁ、あ、ああっ！」

そうではない、逆だ――あまりにも、激しすぎる。しかし今のエイレーネは、それを言葉にして訴えることもできない。

「っあ、ん、……ん、っあ……、ああ、……っ……」

ルキニアスの鋭い歯が、剝き出しの芽をすべる――それがほんのわずか、引っかかった。敏感すぎる部分がこらえきれずに反応する――エイレーネの見開いた目から、涙がこぼれ落ちた。

「……、っ、……、あ、……、あ……、ああ、あっ！」

びくん、びくんとつま先が痙攣する。押さえられた腰が、大きくひくつく。心臓が痛いほどに打っている。全身を走った快感に、エイレーネはしきりに喘いだ。体中が痺れて、感覚がない――ただ、血液が本当に沸騰してしまったのではないかと、自分の体を流れるのは赤い血ではない、熱を孕んだ淫液なのではないかと思った。

それも無理はない、とエイレーネはぼんやりと考える。どく、どくと痛いほどに打つ心臓。それは、エイレーネのものではない。そしてエイレーネの蜜園を舐めあげ、体を起こしたルキニアスの、重ね合ってくる胸に埋まっているのも、またルキニアスの心臓ではない。

「あ、……、は、っ、……、っ……」

ふたりの汗ばんだ体が、重なる。刻む鼓動が互いを高め合う。ぞくり、と震えながらエイレーネはルキニアスの体を抱きしめた。

「きて……」

乱れた声で、エイレーネはつぶやいた。

「わたしを、満たして……？」

ああ、とルキニアスも掠れた声で返事をした。彼の手は、エイレーネを焦らすように体をなぞった。産毛が逆立つような刺激だったけれど、同時にその動きがエイレーネを心の底から愛おしんでいることを示していて、淫らに満ち足りた息が洩れた。

ルキニアスの手のひらが、臀を撫でる。先ほどかき乱した花園を押し開くように、指をかける。ぴちゅ、と音がして秘めた門が開かれる——エイレーネは水に濡れた動物のようにわななないた。

「あ、……、っ、は……、っ……」

彼の質量を、開いた両脚の間に感じる。抵抗しようとする意思さえ奪ってしまう男の質量に、エイレーネはとらわれの小鳥の気分を味わう——じゅく、と艶めいた音がして、両脚の間に熱いものが押しつけられる。

「……ひ、ぅ……、っ、……」

エイレーネは、咽喉を反らせた。背中も引きつるように反って、つま先にまで力が籠もる。その体を抱きすくめたまま再び押し破るのは、先ほどよりも大きく育った愛しい熱だ。

「っあ……、あ……、ん、っ……、……」

「は、っ……」

蜜肉が、悦んでうごめく。絡みつく。自分の体が勝手に反応することに恥じらいを覚えながらも、それもまた追いあげる刺激となる。そんなエイレーネのますますの羞恥をかき立てるように、ルキニアスはゆっくりと体を進めた。

ずくり、ずくり、とわななく淫肉をかきわけて、それが深く貫いていく。エイレーネは途切れない微かな喘ぎをこぼし続け、咽喉が焼けるように痛んでも、それでも声は止まらなかった。

内壁が、熱杭に擦られる。頭の芯までが痺れるような、ぞくりとする快感――それがエイレーネの体の中でだんだん大きくなる――彼と、溶け合う。ひとつになる。同時にかつて味わったなにもたとえがたい快楽が蘇って、エイレーネの背筋を震わせた。

「ああ……、っ、あ……、あ、……あ、あんっ！」

ずん、と敏感な壁を突かれた。ひくん、と蜜口が反応する。ルキニアスが低く呻いた。彼を強く食い締めてしまったのだろう――エイレーネは、懸命にそこに力を入れようとした。彼に悦んでもらいたい。この体に、満足してもらいたい。

「ふぁ……、ん、んっ……、っあ……あ、……ん！」

腰に指をかけられ、強く引き寄せられる。いったん深くくわえ込み、じゅるりと引き抜かれてまた突かれて。すべての神経が、わなないた。エイレーネは咽喉を強く反らせて喘ぎ、そこにはルキニアスの唇が落とされる。

「エイレーネ、……っ、……」

「……っあ、っ……ああ、あ……、っ……」

エイレーネの呼気は、吐息混じりだった。そうやって彼が再び自分を呼んでくれること。こうやって抱きしめて、貫いて、彼がエイレーネに教え込んだ快楽のすべてをなぞり、何度も何度も抱いてくれること。

「ああっ、……、ルキニアスさ、ま……ぁ……」

内壁がうごめく。彼に絡みつく。そんな自分の反応が、直接快感となって腰を通り抜ける。指先にまで満ちていく。

「もう、いや……、です……、っ……」

エイレーネがそうつぶやいたのは、この快楽から逃げたかったからではない。彼女の腕は重なる男の背にしっかりと巻きついていて、もっともっととねだりこそすれ、拒否の息づかいなど微塵《みじん》もない。

「もう……、ひとりに、しないで……」

「……ああ」

どくん、と心臓が打つ。ふたりの鼓動が重なる。ふたりの心臓はその主とはまた違う別の生きもので、それぞれもまた、互いを求め合っているかのようだった。

「おまえが……、しなければ。私は……、おまえを、置いて……」

「そんな、ひどい……、こ、……と……」

ひぁ、と艶声が洩れる。それを吸い取るかのようにルキニアスは深くくちづけてきて、ふたりの体は完全にひとつになったかのようだった。

「いぁ……ああ、……っあ、あ、あ！」

深くを突かれる——ずくん、と子壺の口を突きあげられた。びりっ、と凄まじい刺激が全身を走る。また達ってしまったのかもしれない——自分でもままならず、どうなっているのか感じ取る神経さえも痺れている体は、ルキニアスの強い腕に抱かれている。

「いや……、考え、たくない……」

「ああ、すまない」

ルキニアスの手のひらが、額を撫であげてきた。髪がしっとりと汗ばんで、貼りついていたことに気がついた。切れ切れの喘ぎの中、エイレーネは小さく笑う。

人ならぬものになっても、汗をかくのか――この身がどうなったのか、説明できる者はあるのだろうか――エイレーネ自身にもわからないのに。ただ、わかっていることは。

「あなたの心臓を、わたしが……」

はっ、と熱い呼気を吐きながら、エイレーネは言った。

「わたしの心臓を、あなたに……あなたの、なにもなくなった左胸に……」

ぞくり、とわななきが走る。そのときの、至上の快楽を思い出したのだ。同時に最奥にあるしこりを突かれて体が痙攣する。耐えがたい愉悦に、舌がうまくまわらない。

「あなたに……、わたしの、心臓を……っ……！」

エイレーネは手を伸ばす。ルキニアスの左胸に触れる。傷ひとつない、隆々《りゅうりゅう》とした胸。その奥で鼓動を刻んでいるのは、エイレーネの心臓。そして痛いほどに脈打っているこの左胸の心臓は、彼に与えられた大切なもの。

「わたしたち、は……、心臓を……命を、与え合った……、者、たち……」

突きあげられる――体が仰け反る。深く繋がる――蜜の粘つく音がする。エイレーネは裏返った甲高い声をあげ、抱きついた体にさらに強く力を込めた。

思い出しても、ぞっとする――浄化のために与えられた、脈打つルキニアスの心臓。エイレーネは歯を立てて、それを食らった。たとえようもない美味だった――今まで味わったなによりも、甘い甘い赤い果実だった。

すべてを呑み込むのと同時に、エイレーネは自分の体が変化していくのを感じ取った。指先から壊れていく――そして、再び組み立てられていく。浄化されたのだろうか。人ならぬものになったエイレーネは、天使の心臓に清められたのだろうか。

違和感があった――エイレーネは、目を見開いた。抉られた空洞《くうどう》を抱えて横たわる姿。ルキニアスを前に瞠目し、彼の左胸の暗い闇を前に、脳裏によぎったこと。

「あ、あ……っ、あ……ああ、っ！」

それは――とてつもない、快楽だった。

あのようなことを考えつくというのは、やはりエイレーネは人ならざるものに変化したままだったのだろうか。天使の心臓でも清められない、異質の生きもの。

ためらわずにエイレーネは、自らの左胸に手を突き込んだ。鋭い痛みとともに、どくん、と鼓動するものを掴み取る。

じゅくり、とそれを引き出すと、とめどもなく血が溢れた。なおもそれにも構わずエイレーネは、手にしたものを目の前の空洞に押し込む。彼の体の闇とエイレーネの心臓は、少し大きさが合わなかった。彼を満たすには少し足りない。

それはしばらく、どくどくと身勝手な動きを示していた。エイレーネの体内にうごめくものも、同じ律動を刻み続けていた。

それがひくりと大きく跳ねたのは、どのくらいの時間が経ってのことだっただろうか。一日、二日――一ヶ月、二ヶ月。それとも、一秒、一分だったのか。わからない。ただエイレーネはルキニアスを見つめていて、彼がぴくりと身じろぎするのと同時に、自分の左胸も動くのを知った。そのとき全身を貫いた快感は、今のこのとき、ルキニアスに与えられているものと比べても遜色《そんしょく》なかった。

「……っあ、……、ああ、……ルキニアス、さま……っ……」

艶めいた水音とともに、彼自身が引き抜かれる。あ、と声をあげる間もなく、また突きあげられる。媚肉が捏ねられ、感じる部分を突かれ、最奥の口を強く擦られて、感覚がすべてそこに集約される。受け止める彼のことしか、考えられなくなる。

「ふ、……っあ、……あ……、ああ、……っ……」

――ああ、あなた。わたしだけの、大切なあなた。

嬌声に掠れ、出なくなった声でエイレーネはつぶやいた。

――わたしは、あなただけのもの。そしてあなたは、わたしだけのもの。

「もう……、っ、……ああ、……っあ……、ん……」

どくり、と欲望が体内でひとまわり成長する。その圧迫感に、エイレーネは息を切らせた。抱きしめる力を込めると、彼の腕にも力が入った。抱きしめ合って、交換した心臓を重ね合って。奥深いところに彼を受け入れて、その力強さに酔わされながら、

エイレーネはただ彼だけを呼ぶ。

「ルキ……ニア、ス……、さ……ぁ……」

「……エイレーネ」

　ふたりの声が絡み合う。唇が触れ合う。舌が交わる。エイレーネが彼の舌を吸うと、掠れた声が洩れた。そして、彼はまたエイレーネの中で力を持って。

　エイレーネ、と彼の声が、呼びかける。はっ、と大きく息を吸って、わななく心臓の鼓動を聞きながら——最奥に放たれる、熱すぎる粘ついた淫液。

「は、ぁ……、っ……、っ……」

　ルキニアスさま、とエイレーネはつぶやいた。それはこのうえない愉悦の中にあって、ちゃんと形になっていたのかどうかわからなかったけれど。ただ唯一《ゆいいつ》の存在の腕に抱かれて、何度も何度も、その名を繰り返した。

エピローグ　ひとつに混ざり、絡み合う

そこは、禁断の花園だった。

昼なお暗い、森の奥。まわりには無数の茨《いばら》が絡み合いもつれ合い、奥深い樹海の中のような暗闇を作っているのだ。

闇の中にあるのは、悪魔の城。そこには悪魔伯爵と呼ばれる恐ろしい生きものが住んでいて、入り込んだ者は決して出ることができない——悪魔伯爵の餌食となり、体を食い荒らされてしまうのだという。

少女は、ぶるりと震えた。

陽が落ちる前に、帰ってくるようにと言われているのに。太陽が姿を隠したあとは、表に出ていてはいけないと言われているのに。花籠をいっぱいにしようとついつい欲張って、このような場所にまで入ってきてしまった。一面に咲いていたルディが、あまりにも美しかったから。一本、二本と手折《たお》っているうちに、気づけばあたりは真っ暗になっていた。

まわりを見まわして、少女はまた大きく震えた。

悪魔の城への道では、乙女《おとめ》の嘆《なげ》き声が聞こえるという。かつて悪魔伯爵は、村の少女を花嫁と求めたという。彼女たちは誰も帰ってこず、今では悪魔伯爵に身を捧げ亡《ぼう》霊《れい》となった者たちの嘆きが聞こえるのだという。

「……、っ、……あ、……」

微かに聞こえた声に、少女は飛びあがった。籠が腕から落ちる。摘んだ花が一面に散らばって、花絨毯を作った。

「ふ……、っう……、っ……ぁ、……」

悪魔伯爵の餌食になった、乙女たちの声だろうか。それはたまらない恐怖だったけれど、同時に抗《あらが》えない好奇心にも駆られて、少女は花の上をそっと歩いた。

声が、また聞こえる。近くなった。少女は耳を澄ませる。

話に聞くような、嘆きの声には聞こえない。わずかに苦悶を滲ませた、堪えきれない歓喜の声――そのように聞こえたのは、少女の耳がおかしくなっていたからだろうか。

行く手を遮る茨を、かきわける。棘《とげ》が刺さらないように気をつけたけれど、どうしても傷ができるのを避けることはできない。

しかし進むうちに、痛みは気にならなくなった。それよりも聞こえてくる声――とても亡霊のものだとは思えない——の主がどのような姿をしているのか知りたくて仕方がないのだ。

「あ、……っ……」

少女は、声をあげた。咽喉の奥に絡んだようなそれが彼らに聞こえたとは思わないけれど、それでも少女は両手で自分の口を押さえた。

（……悪魔？）

人間を誘い堕落させる悪魔は、恐ろしいほどに美しい容姿をしているという。美しくなければ、人間も誘いに乗らないから——その話には納得していたけれど、それにしても、あれほどに美しくある必要があるのだろうか。

（ふたり……？）

銀色の髪が、目に入った。長く艶やかに、波打っている。その主は女だった。この距離でそのことがすぐにわかったのは彼女がなにもまとっていないからで、その豊かなふたつの乳房が揺れているからだった。

裸の女——それが驚くべき光景でなければ、恥ずかしさに目を逸らせてしまっていただろう。しかし彼女は、美しかった。上気した肌も、薄く開いた目の青も、喘ぎをこぼしている唇も、丸い肩もふくよかな乳房も、なにもかも。

そんな彼女を膝の上に乗せて、腰を支えて揺すり上げているのは男だった。燃える炎のような色の髪と、漆黒の瞳――彼もまたなにもまとっておらず、隆とした胸筋が波打っているのがわかる。一部が溶け合ったように重なり合っているふたりの姿は、少女が今まで見たことのある中で一番美しいものだった。

「ん、は……、っ……、っ、……」

姿のみならず、その声も美しかった。女のあげる嬌声と、それに微かに混じる男の声。それらは彼らの姿以上に、重なってこそ美麗に響いた。教会の鐘《かね》の音、オルガンの音色――少女はなににも比しがたい声に聞き惚《ほ》れ、そしてその姿に見とれた。

「あ、あ……、っ、っ、ニア、ス……、さ、ま……」

女の口から、声がこぼれる。男がそれを追いかけて、ふたりは深くくちづけた。ふたりの体は溶け合ったようにひとつになって、かたわらに影を落としている。

(悪魔って、あんなに美しいものなのかしら……?)

自分の目で本物を見ておきながら、いまだに信じられない思いで少女は目を見開く。

(あんなに、幸せそうなものなの?)

人間を堕落させ、食らってしまう恐ろしい生きもの。そのようなものが、幸せなどを感じるのだろうか。幸福に包まれて、あのような喜悦を見せることがあるのだろうか。

裸の男女を盗み見たなど、教会で懺悔《ざんげ》するのも恐ろしい罪だ。それでも目が離せない。彼らの姿は、少女の知るかぎりの至幸というものが形をなしている。

（あれが……幸福というもの、なのだわ……）

くちづけ合ったまま、ふたりの体は折り重なって絡まって。そうやって溶け合っているいることこそがあの美しい者たちの自然の姿であるのだと、少女は思った。

□

奥深い部分を貫かれて、エイレーネは声をあげた。

「っあ、……、ああ、っ……」

ルキニアスの首に絡ませた腕が、汗にすべる。それにくわえ込む部分が角度を変えて、擦れる感覚にまた声が洩れる。

「や、……っ、……、っ、……」

ふっ、とルキニアスの呼気が、反らせた咽喉に触れた。肌が一気に粟立って、ぞくぞくとしたものが腰を突き抜ける。

「だ、……め、……、っ、じょ、……っ……」

「なにを」

彼の吐息は、笑いを含んでいた。それは敏感になった肌をもどかしくくすぐって、するとまた刺激が体を走る。

「私を離さないのは……、おまえのほうだろうが」

「や、っ、……、ん、……んっ！」

言葉とともに強く突きあげられて、エイレーネの腰が反った。過ぎる快楽から逃げようとしても、ルキニアスの強い手がそれを許さない。彼の腕は細い腰にまわり、乱暴なほどに引き寄せてくる。すると呑み込む角度が変わって、エイレーネは引きつった声をあげた。

「ああ、……、そ、こ……、っ、……」

繋がった部分が、ぐちゅりと音を立てる。エイレーネのこぼした蜜、そしてルキニアスの放った欲液――それが混ざり合い、ふたりの体を深く繋げている。離れることなど考えられないくらい、奥の奥まで。

「っあ、あ……ああ、……ん、っ……！」

くわえ込んだ欲望が、どくんと脈打って大きくなる。それに反応するかのようにエイレーネの心臓も脈打った。このうえもない甘美とともに食らった、ルキニアスの心臓が。

「ふぁ、あ……ああ、……あ、あ、ああっ！」

エイレーネは、ルキニアスの胸の中に倒れ込む。ふたりの心臓が重なった。どく、どく、どくと鼓動を刻んでいる。

「ああ、もう、……、っ、……、も、う……」

「……ああ」

ひときわ強く、ルキニアスは腰を突きあげた。蜜壺の口を突かれて、エイレーネは鋭い嬌声をあげた――頭の芯までを痺れさせる絶頂とともに強く彼を締めつけ、同時に奥に放たれる白濁を感じる。

「……っ、あ……、ああ、……っ、っ……」

それが、体中に沁み込む。指の先まで満たされて、エイレーネは熱い息を吐き出した。

震える腕を伸ばす。ルキニアスの首にそれを絡ませ、引き寄せ、くちづける。彼の唇は甘く、吐息はルルディの香りがした。

(母さん……)

その、心地いい香りを深く吸い込みながらエイレーネは胸の奥でささやく。

(わたしたちは、流浪《るろう》の民だったけれど……ここに……、わたしは、こうして居場所を見つけたわ)

ルキニアスの裸体から這いのぼる芳香。それを味わいながら、エイレーネはつぶやいた。

「もっと……、もっと、抱いて」

熱い呼気が、つぶやきを綴る。それがきちんと言葉になって彼に伝わっているかはわからなかったけれど、いったん放った彼がなおも萎えずに自分の体内を犯していることに、何度も満足のため息が洩れた。

「どうせ、こないわ……夜明けなんて、永遠に」

「ああ」

ルキニアスがつぶやく。高雅《こうが》な香りの呼気は広がって、ふたりを見守るように包むルルディの莢の漂わせる芳香と混ざって、エイレーネの体の奥深くに沁み込んだ。

終

あとがき

『カンタレラ　義父と義兄に愛されて』の見本誌をいただいた私は、驚きました。

「あれ、乙蜜ミルキィ文庫ってピンクじゃなかったっけ？　黒いよ？　本が黒いよ？」

私は黒担当、と申しあげてはおりましたが、ここまで徹底的に黒いとは思ってませんでした。リブレ出版の本気を見た……！

というわけで、こんにちは。黒森です。違う、エロ森です。じゃなくて、月森です（面白くなくてすみません）。

前作は投稿作だったので、プロットは自分で考えました。完成作を投稿して、その上で「より黒く！」的な改稿のご指導はあったわけですが、そもそものアイデアはひとりで考えました。もちろんああいうお話を考える人間がそんなに明るいわけはなく、言うまでもなく私はかなり暗い人間なのですが、そんな私をしても、今作は「これでいいんですか？」と尋ねてしまうくらい、黒いよ……黒い。こういう妄想を文章にしたことがないわけではないのですが、同じような黒さを、というか私が妄想する以上に黒い物語をどなたかと共有する日が来るとは思っていませんでした。というわけで、皆さまついてきてくださってますか？　黒いですよ？　そしてエロいですよ？　プロット初稿に赤が入って戻ってきたとき、Hシーンに「ねちっこく！　しつこく！」と書いてあったので、わかりました！　と自分に言い聞かせるためにも改稿にそう書いたら、ウケてしまいました。わぁぁん、そう書いたのは担当さんなのに！　そんなわけでねちっこくしつこくエロエロさせてみたら、なんというか限界突破的な。自分の知らなかった性癖を見たような気がします。

心臓を○○○（ネタバレかもしれないので伏せ字）というささか猟奇的なアイデアは、担当さんです！　と逃げるわけじゃないんですけど、私がもともと猟奇とか大好きで、でも乙女系でこういう黒い面は封印しておかなくてはいけない、と思っていたので、担当さんから伺ったときは「本当にそれでいいんですか……？（両目きらきら）」という感じだったのです。こういうお話を書ける日が来るとは思わなかった……。あ、ちなみにルルディの花というのは担当さんと私の創作ですが、モデルは金魚草です。枯れた金魚草の写真、検索してみてください。

そんなこんなで、Ｃｉｅｌ先生には、お忙しい中お世話になりました。完璧に整った美形のルキニアスと、無垢な美しさのエイレーネ。まさにそのまま、華麗なイラストに何度も見入ってしまいました。完成を拝見するのが楽しみです！

素敵なイラストで本書を飾ってくださったＣｉｅｌ先生、担当さんを始め、リブレ出版の皆さま。出版、販売に関わってくださったすべての皆さま。そして誰よりも、ここまで読んでくださったあなたへ。本当にありがとうございました。また、お目にかかれますように。

月森あいら

カンタレラ
義父と義兄に愛されて
月森あいら
芦原モカ

Mio Ogura
小椋美緒
Illustrator
すがはらりゅう
蜜《みつ》の乙女《おとめ》と闇《やみ》の貴公子《きこうし》
姫薔薇は背徳の恋に堕ちて

✦ ✦

乙蜜ミルキィ文庫をお買い上げいただきありがとうございます。

この本を読んでのご意見、ご感想をお待ちしております。

〒162-0825 東京都新宿区神楽坂6-46 ローベル神楽坂ビル5F
リブレ出版(株)内 編集部

リブレ出版WEBサイトでは、本書のアンケートを受け付けております。

サイトにアクセスし、TOPページの「アンケート」から該当アンケートを選択してください。

ご協力お待ちしております。


「リブレ出版WEBサイト」http://www.libre-pub.co.jp

✦ ✦

乙蜜ミルキィ文庫

悪魔伯爵の花嫁

白き乙女と赤い果実

2014年10月14日 第1刷発行

著者 月森あいら

発行者 太田歳子

発行所 リブレ出版株式会社
〒162-0825 東京都新宿区神楽坂6-46
ローベル神楽坂ビル
電 話 03-3235-7405(営業)
03-3235-0317(編集)
FAX 03-3235-0342(営業)

印刷・製本 株式会社暁印刷

Printed in Japan ISBN 978-4-7997-1572-7